Conception: Raymond Stoffel
Réalisation: Françoise Pham

ISBN 2-07-054842-2
Une première édition du *Vieux fou de dessin*
a été publiée en 1997 dans la collection Folio Junior Drôles d'Aventures

© Éditions Gallimard Jeunesse, 2001, pour le texte et les illustrations

FRANÇOIS PLACE

LE VIEUX FOU DE DESSIN

GALLIMARD JEUNESSE

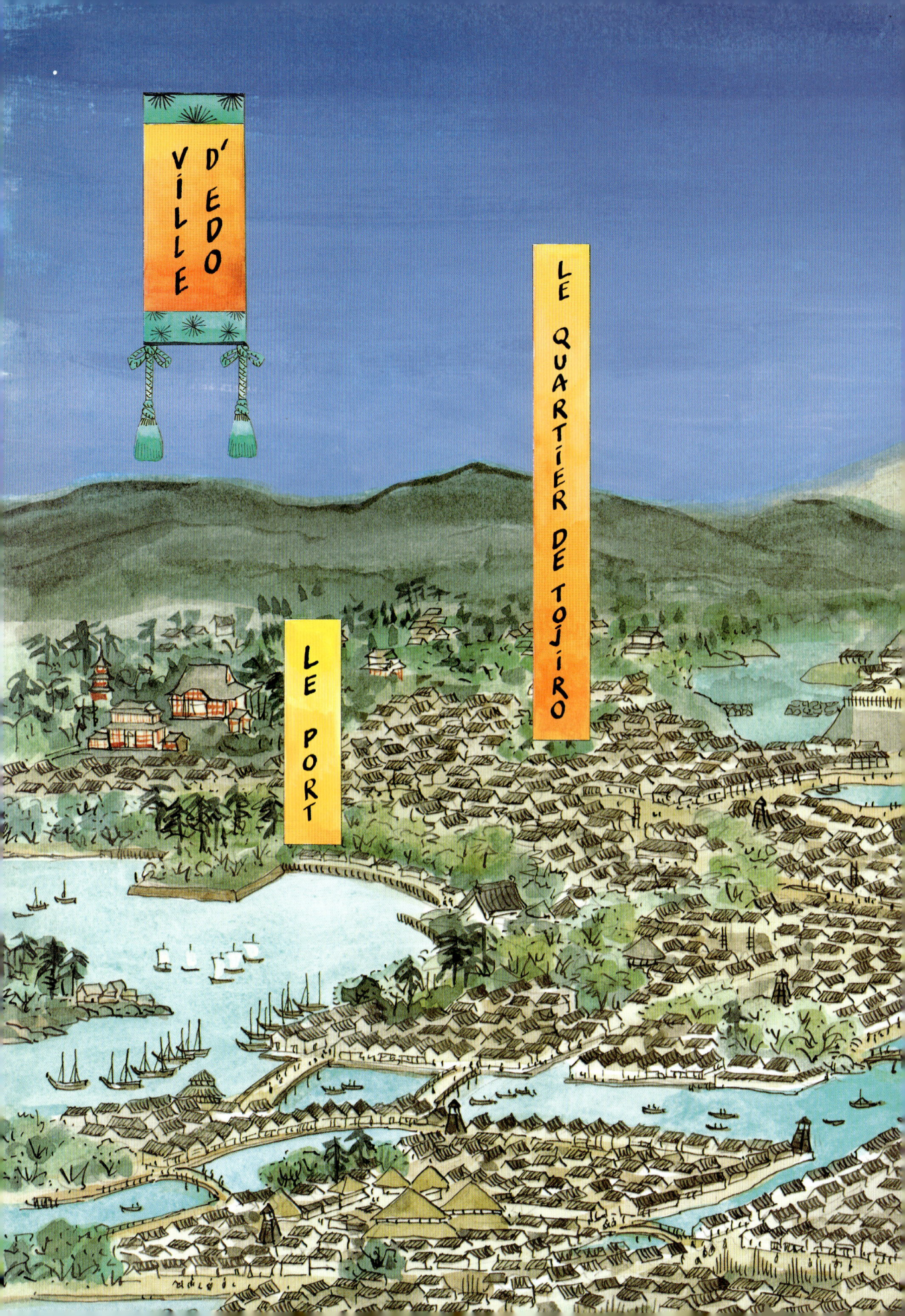

CHAPITRE 1

Tous les matins, Tojiro prend son panier de gâteaux de riz et part faire ses livraisons. Il fait à peine jour, quelques lampions éclairent faiblement les rues. Des barques chargées glissent sur les canaux, quelques coqs s'égosillent au fond des jardins, les boutiques peintes des artisans résonnent déjà du tintement clair des outils : la grande ville d'Edo s'éveille.

Tojiro vend ses gâteaux aux passants, mais aussi au marchand de chapeaux de paille, aux belles dames de la maison de thé, au menuisier, au fabricant de tonneaux, au potier, au forgeron, au barbier, au teinturier, à l'écrivain public qui lui adresse toujours un clin d'œil.

Il a parfois la chance d'en vendre à un samouraï qui déambule fièrement avec ses deux sabres passés dans la ceinture. Alors Tojiro s'incline plus gravement que de coutume pour empocher la monnaie, essayant d'imprimer sur son visage l'expression impassible d'un redoutable guerrier. Puis il se redresse et repart en criant à tue-tête sa chanson de petit

vendeur des rues. Les gens du quartier le connaissent. C'est un garçon vif et joyeux, qui pépie et sautille de boutique en boutique avec la grâce hirsute d'un moineau ébouriffé.

Tojiro a perdu ses parents et vit chez son oncle et sa tante. L'oncle lui mène la vie dure. Quand il a fini sa tournée du matin, il revient chercher un second panier et ne rentre chez lui que lorsqu'il a vendu tous ses gâteaux. Bien souvent, c'est à la tombée de la nuit.

En été, c'est un travail agréable. Mais en hiver, quand il neige, quand il gèle, quand la pluie s'abat en rafales sur les toits de la ville et que le froid efface les sourires, le panier semble bien lourd au garçon qui trottine sous sa frêle cape de paille de riz.

Malgré tout, Tojiro est fier d'habiter Edo, la capitale du Japon, et d'arpenter ses rues étroites que longe une infinité de maisons de bois, d'échoppes, de temples, de palais ou de jardins. Il aime l'animation des canaux bordés de roseaux, la respiration de l'océan et la silhouette lointaine du mont Fuji. On prétend qu'un million d'habitants vivent à Edo. C'est dire si l'on peut y rencontrer toutes sortes de gens !

8

Parmi les clients de Tojiro, il est un homme étrange. C'est un vieux bougon qui habite près d'un petit canal qui se jette dans la rivière Sumida.

Il est très pauvre, il a mauvais caractère, porte des vêtements de médiocre facture, et pourtant il reçoit très souvent la visite de gens de haute condition, marchands des beaux quartiers ou nobles vêtus de soie.

Les yeux de ce vieux monsieur ont, sous la broussaille blanche des sourcils, l'éclat noir et brillant de deux morceaux de charbon. Chaque fois qu'il aperçoit le garçon, il laisse échapper un petit rire comme une toux et l'interpelle d'une voix moqueuse :

— Alors moineau, qu'apportes-tu de beau, aujourd'hui ?

— Des gâteaux de riz, Maître, répond toujours le garçon qui n'a jamais rien vendu d'autre.

— Des gâteaux de riz ? Eh bien donne-moi donc un de tes gâteaux, moineau.

Tojiro aimerait bien que le vieux monsieur arrête de le traiter de moineau : il vend des gâteaux à des samouraïs, on devrait quand même le prendre un peu plus au sérieux ! Mais il referme sa main sur la pièce de monnaie et s'incline sans rien dire. Et le rire du vieux bonhomme l'accompagne quand il tourne les talons pour reprendre sa tournée.

CHAPITRE 2

BOUSCULADE PRÈS DU VIEUX PONT

Tojiro a fini par connaître le métier de ce drôle de personnage : c'est un artiste. Un grand artiste, précisent les gens du quartier. Tojiro n'en sait pas plus, sinon que ce vieillard ne cesse de dessiner. Pfff... c'est un métier comme un autre, se dit le garçon, qui place au-dessus de tout l'honneur d'être samouraï. En plus, ça ne rend même pas riche. Après tout, un client est un client, un gâteau vendu est un gâteau vendu, et la boutique du vieux monsieur est sur son chemin, pas très loin du pont qui enjambe le canal menant à la rivière Sumida.

C'est un artiste, il n'y a rien d'autre à en dire, pense Tojiro, en s'approchant de la boutique du peintre. Or ce jour-là, un attroupement barre la rue. Ça se bouscule de tous côtés, ça jacasse à qui mieux mieux. Un homme rouge de colère vocifère et brandit le poing en face du peintre, très calme à la porte de son jardin.

« Vieux fou ! » hurle le forcené.

Tojiro ne sait que faire. Il a un peu peur, mais il a aussi très envie d'aller voir de plus près. Comme tous les habitants d'Edo, il adore les histoires et

se promène dans la rue comme en un théâtre permanent. Les insultes fusent, quelques coups sont distribués, on s'agrippe par les manches… Mais rien ne peut calmer l'homme en colère, qui redouble de violence et agite les bras en faisant de véritables moulinets. Il ne faut pas moins de trois gaillards de la menuiserie voisine pour le maîtriser et le sortir toujours braillant de la foule.

– Lâchez-moi, c'est un vieux fou, je vous dis !

La dispute s'achève aussi vite qu'elle avait commencé. La foule se disperse. De-ci de-là on commente l'événement en riant et en se poussant du coude.

Impassible, le vieux peintre accueille Tojiro comme les autres jours. Il est très calme et semble avoir déjà oublié l'incident.

– Ah, te voilà, moineau. Qu'apportes-tu de bon, aujourd'hui ?

– Pourquoi le monsieur vous a-t-il traité de vieux fou ?

– Oh, ce n'est rien, c'est juste parce que j'ai raté un dessin.

– Vous ne voulez pas me le dire ? Vous me trouvez trop petit ?

– Non, je viens de te donner la réponse.

– Alors vous vous moquez de moi ! lâche Tojiro dans un soupir de dépit.

– Oh oh, notre moineau n'est pas de bonne humeur aujourd'hui… Mais non, je ne me moque pas de toi, j'ai dessiné un shishi de travers.

– Un shishi ?

– Une sorte de lion-dragon porte-bonheur.

– Mais ce monsieur voulait sans doute lui aussi un lion-dragon ?

– Je ne crois pas, ce monsieur se moque des lions en général et du dessin en particulier. Oh oh, que se passe-t-il, notre moineau ne va tout de même pas se mettre à pleurer ?

– C'est que vous vous moquez toujours de moi, répond Tojiro en serrant les poings. Si ce monsieur n'avait aucun rapport avec votre dessin, pourquoi vous a-t-il traité de vieux fou, alors ?

Le vieillard fait signe au garçon d'entrer. Il prend sur une table basse une feuille de papier

blanc où rugit le dessin d'un lion dont l'encre est encore fraîche :

– Regarde toi-même, dit-il.

Et Tojiro écarquille les yeux devant la plus belle image de shishi qu'il ait vue de sa vie.

– Mais il n'est pas du tout raté, bredouille-t-il, il est même… magnifique ! Vous vous moquez encore de moi.

– Hum, en fait, tu as peut-être raison, ce dessin n'est pas trop mal, dit le vieillard en inclinant comiquement sa tête par-dessus l'épaule du petit garçon. Tu sais, je dessine un shishi chaque matin pour que la journée me soit favorable. C'est un dessin porte-bonheur, si tu préfères. Celui d'aujourd'hui ne m'a pas empêché d'avoir des ennuis, comme tu as pu t'en rendre compte : c'est pourquoi j'ai dit qu'il était raté. Oh oh, je vois dans ton œil de moineau que tu n'es pas loin toi non plus de me prendre pour un vieux fou !

Tojiro se balance d'un pied sur l'autre ; il regarde tantôt le dessin, tantôt le vieillard. Un large sourire éclaire soudain son visage.

– Hi hi hi ! fait le vieux, qu'en dis-tu, moineau ?

Et tous deux éclatent de rire.

CHAPITRE 3

Le lendemain, Tojiro n'a qu'une hâte, se rendre à la boutique du vieux peintre. Ce personnage l'intrigue au plus haut point.

À peine arrivé, il demande à voir le shishi dessiné ce jour-là.

– Oh oh, notre moineau est bien indiscret ce matin… dit le vieil homme en montrant le dessin d'un shishi qui se gratte.

– Il est magnifique, Maître, tout simplement magnifique !

– Eh bien, il est à toi, je te l'offre.

Tojiro s'incline aussi bas que devant un samouraï.

– Maître, permettez-moi de vous offrir un gâteau en échange.

– Merci, jeune moineau, ce sera sans aucun doute le meilleur des gâteaux de riz, dit le vieillard en saluant à son tour très cérémonieusement.

Tojiro s'incline encore trois fois et se retire en pressant contre sa poitrine le dessin enroulé. Puis il reprend sa tournée, le cœur battant, tout à sa joie d'avoir reçu un aussi prestigieux cadeau.

Pourtant, lorsqu'il revient le jour suivant, c'est à peine s'il ose entrer dans

la boutique. Il a la mine défaite et une vilaine marque bleue boursoufle son œil droit.

Sans un mot, il tend le dessin au vieux peintre.

— Il semble que mon dessin ne t'ait pas porté chance, moineau. Aurait-il déplu à tes parents ? interroge le vieillard.

— Mon oncle m'a grondé. Il m'a demandé de vous le rendre et de vous faire payer le gâteau d'hier.

— Ton oncle se met vite en colère.
Il est un peu comme mon petit-fils, je crois.

— Vous avez un petit-fils ?

— Bien sûr, c'est lui que tu as vu sortir il y a deux jours de chez moi en me traitant de vieux fou, tu te souviens ?

— Voilà que vous vous moquez de moi à nouveau. Cet homme était bien trop vieux pour être votre petit-fils.

— Dis-moi, quel âge as-tu ?

— Neuf ans, Maître.

— Eh bien moi, j'aurai bientôt dix fois ton âge. Tu vois que je peux avoir un petit-fils en âge d'être ton père. Ce qui ne l'empêche d'ailleurs pas d'être un vaurien, et de passer son temps à boire et faire des dettes.

Cette dernière phrase finit par dérider Tojiro.
Il lève son petit doigt et récite sentencieusement :

— À la première coupe, l'homme boit le saké ;
à la deuxième coupe, le saké boit le saké ; à la troisième

19

coupe, le saké boit l'homme, c'est ce que répète souvent mon oncle.

– Je vois que tu es à bonne école, mais à mon avis, ton oncle devrait s'arrêter à la première coupe. Un cadeau est un cadeau, garde donc le dessin. Je te paye le gâteau d'hier, celui d'aujourd'hui, et nous serons quittes. Dis-moi, petit moineau, est-ce que tu sais lire ?

– Non, répond l'enfant en rougissant.

– Ma foi, j'ai besoin d'un commis, un garçon déluré comme toi pour aller chercher mes encres, mon papier, et pour porter mes dessins à l'atelier de gravure. Je crois que tu ferais parfaitement l'affaire. Mais il te faut apprendre à lire et à écrire. Qu'en dis-tu ? Si ma proposition t'intéresse, j'irais parler à ton oncle.

– Alors c'est que votre dessin m'a vraiment porté chance, Maître, répond Tojiro avec un grand sourire, en clignant de son œil au beurre noir.

CHAPITRE 4

CHEZ LE VIEUX PEINTRE

En quelques jours, l'affaire est conclue avec l'oncle de Tojiro. Le garçon travaillera le matin pour le peintre, en échange de quoi celui-ci se chargera de son éducation et lui fournira tout le matériel dont il aura besoin pour apprendre à lire et à écrire : livres, papier, pinceaux.

Le vieux peintre s'appelle Hokusai.

Il a chez lui des centaines de livres et d'estampes, plusieurs tables basses encombrées de flacons contenant des encres en bâtonnets ou des couleurs en poudre, des dessins inachevés, une théière, des boîtes en laque, des planches de bois noir gravées.

– La première chose que j'attends de toi, moineau, c'est de ne jamais ranger mon atelier. La deuxième, c'est d'être toujours curieux, d'ouvrir bien grands tes yeux et tes oreilles. La troisième, c'est de ne jamais me déranger quand je travaille. Aujourd'hui, tu te contenteras de regarder ces livres, ils devraient te plaire, toi qui aimes les samouraïs.

Tojiro s'assoit dans un coin de l'atelier et déplie devant lui un premier livre. Il l'ouvre au hasard et pousse aussitôt un cri d'épouvante !

il n'a encore jamais vu d'image aussi terrible !

Puis il tourne une autre page, et bientôt chacune des illustrations lui arrache un « oh ! » d'étonnement ou d'admiration. Ce ne sont que cavalcades, guerriers surpris dans les tourmentes de neige, combats monstrueux mettant aux prises des hommes et des géants, apparitions d'esprits et de fantômes. Chaque personnage semble si vivant que le jeune garçon s'imagine parfois entrer lui-même dans l'image.

« Ce vieux peintre est un magicien, se dit Tojiro. Quel dommage que je ne puisse lire l'histoire. S'il acceptait de me prêter un de ces livres, peut-être que l'écrivain public pourrait me la lire. »

À la fin de la matinée, le jeune garçon est encore plongé dans les images. Le vieillard est obligé de le secouer par l'épaule pour le tirer de sa contemplation.

– Maître, c'est vraiment vous qui avez fait les dessins de ce livre ?

– Bien sûr, moineau, et de bien d'autres encore.

– Vous êtes un magicien ! Je n'ai jamais rien vu d'aussi beau !

– Merci, répond le vieil homme, je suis heureux de t'avoir donné cette joie. Tes compliments me vont droit au cœur.

C'est ta première journée, alors je t'invite à partager mon repas. Il y a un petit restaurant de tofu juste au bout de la rue. J'espère que mes livres ne t'ont pas coupé l'appétit ?

– Au contraire, Maître, je pourrais dévorer un shishi tout entier.

– Aurais-tu déjà oublié que c'est mon animal porte-bonheur ? fait le vieux peintre en fronçant théâtralement les sourcils.

– Pardon, Maître, dit Tojiro, soudain penaud.

– Allons-y, dit le vieux peintre en éclatant de rire. Moi aussi j'ai une faim de lion !

Pendant le déjeuner, Tojiro repense aux livres dont il a tant admiré les images. Une question l'intrigue au plus haut point : certains livres, dans la bibliothèque, sont en plusieurs exemplaires. Comment le vieux peintre s'y prend-il pour illustrer plusieurs fois le même livre ?

Tojiro a soudain une hésitation :
– Maître, est-ce vrai que l'on peut trouver dans une librairie dix ou quinze exemplaires du même ouvrage ?
– Oui, et même bien davantage.
– Cela veut dire que vous recommencez les mêmes dessins autant de fois qu'il y a de livres ? Vous êtes obligé de refaire une illustration dix fois ? cent fois ?
– Bien sûr que non voyons, une vie n'y suffirait pas. Mes illustrations dans les livres sont imprimées. Reproduites, si tu préfères.
– Je comprends, fait Tojiro un peu déçu, quelqu'un les recopie pour vous.
– Pas tout à fait, moineau, pour imprimer une image, il faut d'abord la graver.
– C'est compliqué.
– Seulement pour une cervelle de moineau ! Demain, tu m'accompagneras chez un imprimeur, et tu en sauras davantage.

– Quand j'avais ton âge, j'étais commis dans une grande librairie. Seulement je faisais un peu trop de bêtises, j'ai dû en partir assez vite pour entrer comme apprenti dans un atelier de gravure. Et peu à peu, j'ai appris l'art de graver le bois.

– Graver le bois ?

– Il arrive que plusieurs amateurs souhaitent posséder la même œuvre d'un artiste. Tu te doutes bien qu'il ne va pas la dessiner une centaine de fois. C'est pourquoi il doit faire appel à d'autres métiers : l'éditeur, le graveur et l'imprimeur. Le graveur reproduit en relief, sur une planche de bois, le dessin que lui confie l'artiste. L'imprimeur, lui, encre cette planche gravée, puis il applique et presse dessus une feuille de papier : c'est de cette façon que le dessin est « reproduit ». Il porte alors le nom d'estampe. L'éditeur, enfin, permet la rencontre entre les amateurs et les artistes : il choisit les dessinateurs paye les graveurs et les imprimeurs, il vend les livres ou les estampes qui sortent de son atelier. Pour ma part, comme j'étais très doué, mon maître m'a vite proposé de créer mes propres modèles. Je suis devenu l'un des meilleurs artistes de l'atelier.

L'ATELIER DE GRAVURE

— Nous voici arrivés, moineau. Viens, entrons.

Dans l'atelier, des hommes sont au travail. L'un humidifie des feuilles de papier à l'aide d'une large brosse, un autre affûte des outils sur une pierre à aiguiser posée au-dessus d'un baquet rempli d'eau. Deux graveurs, penchés sur leurs tables, sculptent des planches rectangulaires. Il flotte ici une bonne odeur d'encre, de copeaux de bois et de papier, et le seul bruit que l'on entend est celui du frottement des brosses et le choc répété d'un maillet sur une gouge.

Tojiro en oublie de saluer l'imprimeur qui les accueille.

— Ouvre bien les yeux et les oreilles, lui dit le vieux peintre, voici ta première leçon de gravure :

D'abord l'artiste dessine à l'encre l'œuvre originale, le modèle si tu préfères, sur un papier très fin et translucide.

Le graveur colle ce dessin sur une planche de cerisier dont la surface est soigneusement polie, côté dessiné contre le bois.

Le modèle apparaît à l'envers.

Le graveur évide le bois tout autour de chaque trait, de sorte que peu à peu la totalité du dessin apparaît en relief.

Le graveur, pour ce travail, utilise un maillet, des couteaux, des gouges et des ciseaux à bois qu'il doit régulièrement affûter.

La planche gravée est confiée à l'imprimeur. Celui-ci encre la surface de la planche, en insistant sur tous les traits et les surfaces laissées en relief par le graveur.

Ensuite l'imprimeur dépose une feuille légèrement humide sur la planche et, à l'aide d'un baren, il exerce une forte pression sur la surface de la feuille.

Le baren est un disque de laque gainé de feuilles de bambou.

L'imprimeur soulève délicatement la feuille…

L'empreinte laissée sur la planche est rigoureusement identique au modèle de l'artiste. Il suffit d'encrer la planche à nouveau, de presser une autre feuille pour obtenir une autre estampe, et ainsi de suite, autant de fois que l'on souhaite une reproduction. Lorsque l'estampe est en plusieurs couleurs, il faut prévoir une planche gravée différente pour chaque couleur.

– Il faut vraiment faire tout ça pour imprimer une image, quel travail ! s'exclame Tojiro. Je n'en serai jamais capable.

– Voilà une phrase que l'on ne devrait pas prononcer à ton âge, moineau. Tu sais, même moi, j'apprends encore. Je suis pourtant beaucoup plus vieux que toi.

– Maître, c'est ainsi que sont imprimés vos livres ? demande soudain l'enfant tout éberlué.

– Bien sûr, moineau. On imprime de cette façon les différentes pages d'un livre. Il faut simplement ensuite les relier par une couture. La technique de la gravure permet de reproduire bien d'autres choses encore : des affiches, des séries d'estampes sur un même sujet, des calendriers, des éventails de papier, des surimonos…

– Des surimonos, qu'est-ce que c'est ?

– Ce sont des estampes d'un grand prix, très colorées. Il faut parfois jusqu'à quinze passages pour les imprimer. Certaines reçoivent même des impressions d'or, d'argent ou de mica, une poudre minérale très brillante. Parfois même, pour indiquer la texture d'une étoffe, la forme d'un nuage, l'écume bouillonnante d'un torrent, on utilise le gaufrage. C'est une impression sans couleur, qui sculpte des formes à la surface du papier.

Tout en répondant à Tojiro, le vieux peintre donne ses recommandations aux graveurs, protestant ici

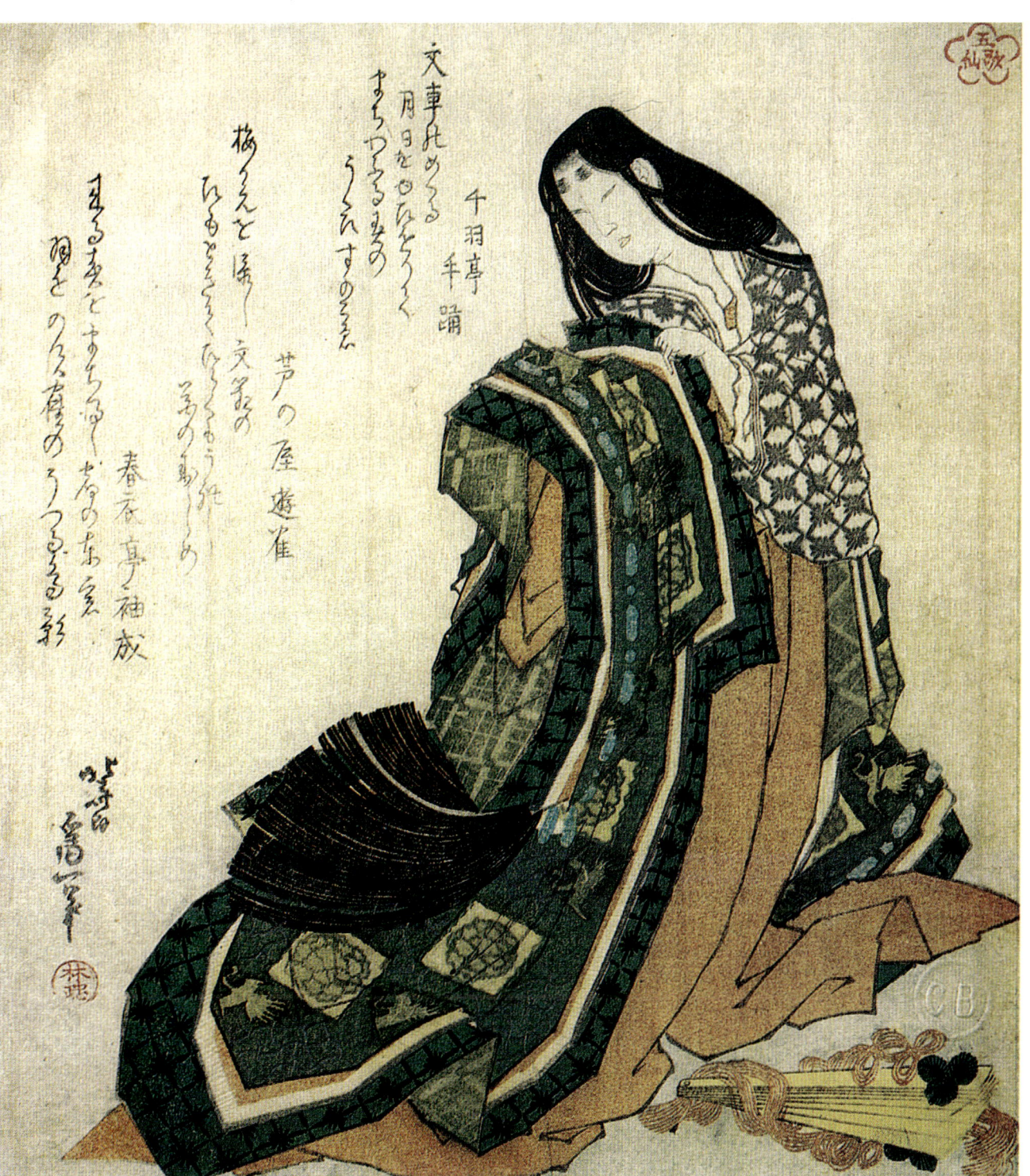

de la mauvaise taille d'une planche, indiquant là des corrections de couleur à apporter sur une autre, modifiant le dessin d'une troisième. Rien n'échappe à son regard aiguisé, il examine soigneusement chaque épreuve, s'inquiète de l'épaisseur et de la profondeur des encres.

– L'encre claire doit ressembler à une soupe de coquillages, répète-t-il, et l'encre sombre doit avoir la consistance d'une soupe de pois.

Tojiro est très étonné de voir à quel point chacun tient respectueusement compte de ses avis. « Ce vieux fou n'est peut-être pas si fou que ça, après tout », se dit l'enfant.

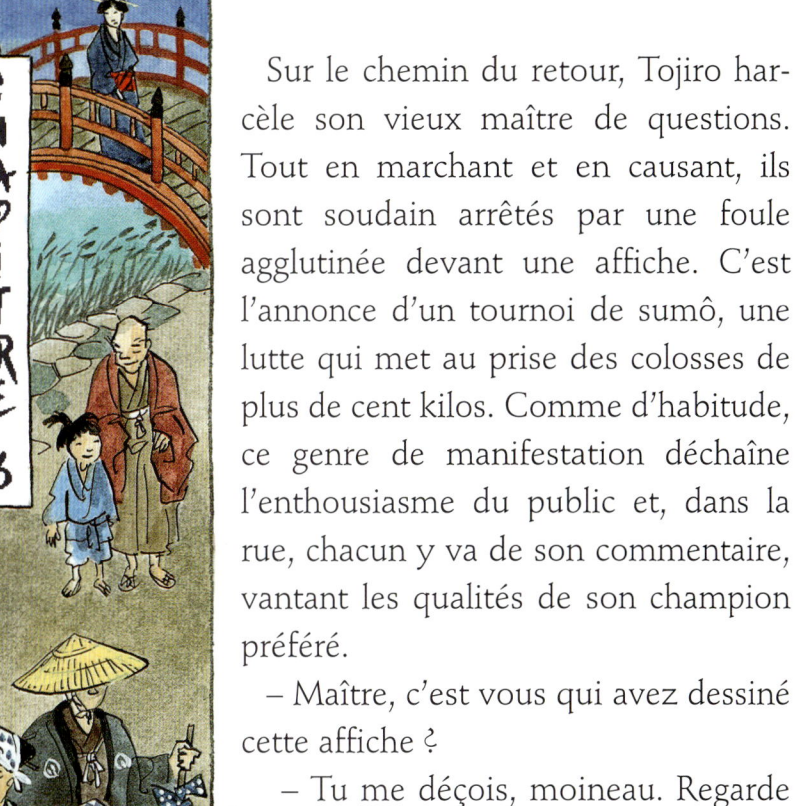

CHAPITRE 6

UNE ENFANCE TUMULTUEUSE

Sur le chemin du retour, Tojiro harcèle son vieux maître de questions. Tout en marchant et en causant, ils sont soudain arrêtés par une foule agglutinée devant une affiche. C'est l'annonce d'un tournoi de sumô, une lutte qui met au prise des colosses de plus de cent kilos. Comme d'habitude, ce genre de manifestation déchaîne l'enthousiasme du public et, dans la rue, chacun y va de son commentaire, vantant les qualités de son champion préféré.

– Maître, c'est vous qui avez dessiné cette affiche ?

– Tu me déçois, moineau. Regarde un peu mieux, voyons, c'est l'œuvre d'un débutant. C'est un peu trop maladroit pour un vieux peintre comme moi, tu ne trouves pas ?

– Je croyais que vous faisiez tous les dessins de la ville d'Edo, répond Tojiro en boudant.

– J'ai fait à ce jour plus de trente mille dessins, mais ce n'est rien à côté de tout ce qui se publie dans une grande ville comme Edo.

35

— Mais vous n'avez jamais été maladroit ?

— Bien sûr que si. Cependant j'ai très vite appris, et je ne doute pas que tu suivras mes traces à ton tour. J'étais très turbulent. Après mon apprentissage en gravure, je suis entré dans l'atelier d'un maître renommé, peintre et graveur, Katsukawa Shunsho. J'avais alors dix-huit ans, c'était en 1778. L'atelier se trouvait à côté du quartier des plaisirs, tout près d'un théâtre de kabuki.

Nous faisions les affiches pour annoncer les spectacles. La grande mode était de peindre les portraits des acteurs les plus fameux. Les clients défilaient : ils voulaient tous une image de leur acteur favori. Bien rares étaient ceux qui ressortaient sans avoir acheté une estampe ! D'autres nous demandaient des portraits des geishas, les belles courtisanes qui servent dans les maisons de thé. Je travaillais beaucoup, et je rencontrais beaucoup de monde.

春朗画 春朗画

Au kabuki, les plus grands acteurs me faisaient l'honneur de parfois m'inviter dans leur loge. Je les dessinais en train de se maquiller ou de répéter leur texte. Il fallait les voir prendre la pose quand ils savaient qu'ils seraient sur une affiche !

A la fin, je connaissais tout des décors et des costumes et je savais presque par cœur le répertoire : *L'Histoire des quarante-sept rônins, Yoshitsune aux mille fleurs de cerisier, L'Histoire d'un bonze et d'une courtisane qui se firent brigands.*

Bien des fois, alors que je gravais une planche dans l'atelier, j'entendais de l'autre côté de la rue la clameur du public saluant l'apparition d'un acteur sur le Chemin fleuri, la passerelle qui permet de rejoindre la scène en surplombant les spectateurs.

Le soir, je retrouvais mes compagnons dans une maison de thé au bord de la rivière Sumida.

Au printemps, à la saison des fleurs, il nous arrivait même de louer une barque pour faire une promenade au clair de lune. Tu sais, la rivière, à cette période de l'année, est couverte de milliers de barques de promeneurs éclairés par des lampions… Quant aux berges, elles sont envahies par les échoppes et les petits restaurants. L'air est empli de chants et de rires. C'est un spectacle tout simplement féerique.

Même alors, je ne pouvais m'empêcher de prendre sur moi quelques feuilles reliées et un peu d'encre. Il y a tant de choses à voir, étonnantes, poétiques ou comiques : la lune pâle effleurée par les branches de cerisier ou bien une famille de canards soudain dérangée par le plongeon d'un pauvre diable enivré de saké…

Le lendemain, à l'aube, après une nuit bien courte, je retournais à l'atelier.

Je te l'ai dit, c'était beaucoup de travail et beaucoup de gaieté. Nous autres, les peintres, les poètes, les écrivains, les graveurs, les acteurs, nous formions un monde à part ; nous étions les représentants du « monde flottant », de tout ce qui vit et bouge dans la cité. A cette époque, je commençais aussi à illustrer mes premiers livres. Oh, ce n'étaient que des livres « à couverture jaune », des livres bon marché, de la littérature populaire, mais vraiment j'aimais ce travail. Chaque jour apportait son lot de surprises. Tu verras, si tu prends goût au dessin, tu ne pourras plus t'en passer, tout comme moi. Mais nous sommes arrivés… Alors à demain, moineau !

CHAPITRE 7

UNE SURPRISE POUR TOJIRO

Le lendemain, en arrivant chez le peintre, Tojiro tombe sur deux palanquins au beau milieu du passage. Les porteurs attendent en fumant négligemment la pipe. « Tiens, se dit l'enfant, le maître a de la visite. » Il a tout juste le temps de franchir la porte du jardin que déjà le vieillard l'attrape par le bras.

– Allons, en route, Tojiro, nous allons être en retard !

– Où allons-nous ?

– C'est une surprise, allez, ouste ! grimpe dans ton palanquin.

C'est la première fois que Tojiro emprunte ce moyen de transport. À vrai dire on voit rarement des enfants ainsi promenés, mais le vieil homme est un original, qui se moque des habitudes et des convenances. Et les voilà partis, un peu secoués par le petit trot des porteurs. Tojiro en pouffe de rire. Se servir des pieds des autres pour marcher, quelle drôle d'idée ! Ils traversent le marché aux poissons, puis s'enfoncent dans le dédale de rues et de ruelles, passant une bonne vingtaine de ces petits ponts en dos d'âne jetés au-dessus des canaux, et gagnent ainsi, de quartier en quartier, le parc d'un grand temple avant de s'arrêter.

Pendant que le peintre paye les porteurs, qui reprennent leur souffle et s'épongent le front après l'effort de leur longue course, le jeune garçon observe les lieux.

Une foule nombreuse se presse devant une immense porte encadrée d'échafaudages où sont empilés des tonnelets de saké, soigneusement emballés dans du papier de riz.

Tojiro n'en croit pas ses yeux : il est dans la cour du temple Ekê-in, le fameux temple où se déroulent les tournois de sumô !

Le vieux peintre l'entraîne dans les gradins, déjà couverts de monde. Au-dessus de leurs têtes battent des oriflammes dans le vent.

Sur une estrade de terre battue, deux grandes cordes en paille de riz tressée délimitent un cercle parfait.

Dans le brouhaha retentit alors le son de plaquettes en bois de cèdre frappées l'une contre l'autre. C'est le signal de l'entrée des lutteurs.

Ils s'avancent en deux files, l'une à l'est, l'autre à l'ouest, et saluent gravement la foule, bien serrés dans leur pagne et leur tablier d'apparat. Un tonnerre d'applaudissements accompagne leur procession.

Ce sont des colosses. Si grands, si forts, pense Tojiro, qu'ils semblent davantage appartenir au monde des dieux plutôt qu'à celui des hommes. Ils inclinent la tête de droite et de gauche, tout en faisant rouler leurs épaules

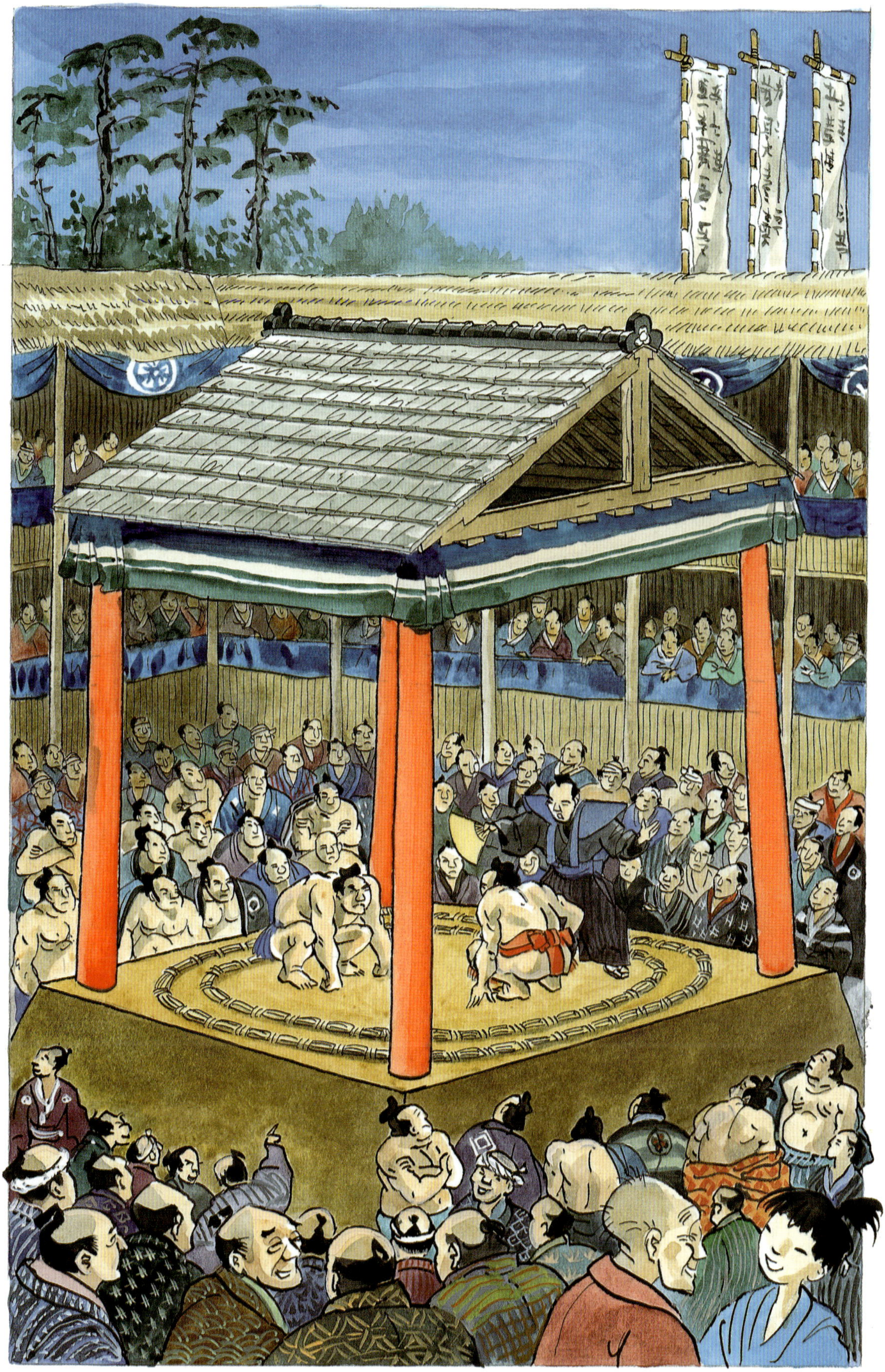

musculeuses. Deux d'entre eux, précédés de leurs entraîneurs, montent sur l'estrade. L'arbitre étend son éventail.

Les lutteurs se rincent la bouche et jettent du sel sur le sol. Ils frappent dans leurs mains, lancent de côté la jambe droite, puis la jambe gauche, et enfin s'accroupissent, face à face, comme deux énormes grenouilles.

Au signal de l'arbitre, ils se jettent l'un sur l'autre en s'assenant des gifles à toute volée. Ils s'empoignent par les ceintures, tentent des prises en poussant des rugissements. Le public trépigne, encourage, hurle à chaque tentative. Et quand le silence revient, on entend le souffle rauque des combattants, le craquement des articulations lorsque leurs mains se nouent dans une nouvelle prise.

Soudain, un seul cri s'élève de la foule. Dans un rapide pivot de la hanche, un des lutteurs vient de basculer son adversaire avant de le projeter à l'extérieur du cercle, comme une vulgaire balle de riz.

Le vainqueur lève ses bras, aussi lourds et volumineux que deux énormes massues. Une formidable ovation lui répond.

Déjà, deux autres adversaires sont prêts à s'affronter au milieu du cercle.

Le vieux maître observe Tojiro à la dérobée, jamais les yeux de l'enfant n'ont autant brillé.

44

CHAPITRE 8

LES RÊVES DE TOJIRO

Cette nuit-là, Tojiro a bien du mal à dormir. Il se tourne et se retourne dans son sommeil. La cloison de la chambre coulisse.

Deux bandits pénètrent dans sa chambre ; il les reconnaît, ce sont des lutteurs de sumô. Il se redresse et les met en déroute à l'aide des pinceaux du maître :

— Arrière, maladroits, arrière, ou je vous redessine à l'envers !

Ce mauvais rêve évanoui, voilà qu'une bande de samouraïs tout droit sortis d'un livre déboule au grand galop pour ravager l'atelier du peintre.

Le maître ne semble même pas s'en émouvoir ; il est bien trop occupé à peindre des fantômes avec cinq pinceaux, un dans la bouche, un à chaque main et un à chaque pied.

— Rentrez chez vous, siffle soudain le vieillard entre ses dents, du vent, du balai, ou bien j'appelle mon petit-fils !

— Vieux fou, rétorquent les samouraïs, on va te faire boire ton encre, et puis on te découpera en rondelles !

– Je ne suis pas votre petit-fils, pas du tout, hurle Tojiro, moi je vais vendre des gâteaux de riz au théâtre de kabuki, je serai un grand acteur, et puis aussi le plus terrible lutteur de sumô de tous les temps !

– Très bien, dans ces conditions, rends-moi mes pinceaux, petit chenapan, gronde le vieillard.

– Non, hurle Tojiro, jamais !

Et brusquement, il se réveille avec les premiers rayons du soleil.

Les yeux encore gonflés de sommeil, le jeune garçon fait sa toilette dans le jardin, salue son oncle et sa tante, déjeune en vitesse et file chez le vieux peintre.

A la porte du jardin, Hokusai l'accueille de son habituel sourire malicieux.

— Eh bien, notre jeune moineau n'a pas l'air dans son assiette aujourd'hui. Serait-il tombé du nid ?

Tojiro, la mine boudeuse, entre sans répondre.

Le peintre ne s'en formalise pas, il envoie l'enfant chercher de l'eau au puits, afin de préparer son encre. Tojiro revient en apportant un seau dans lequel flottent brindilles et poussières.

— Voyons, moineau, que veux-tu que je fasse d'une eau pareille ? Ce n'est pas de l'eau, c'est de la boue. D'ailleurs elle est comme toi, elle me fait la tête.

– Mais c'est pour faire de l'encre, proteste l'enfant. Elle sera encore plus noire que dans le seau !

– Ne discute pas. Prends cette étoffe de coton pour filtrer l'eau et remplis-moi cette petite théière. Je veux une eau LIM-PI-DE.

– D'accord, d'accord, grommelle l'enfant.

Quand il revient, le peintre verse délicatement l'eau pure dans un suzuri. C'est une pierre à encre, sorte de godet rectangulaire dont le fond incliné forme le réservoir. Puis, il saisit un bâtonnet d'encre de chine et le frotte sur le fond abrasif de la pierre à encre. Lentement, l'eau se teinte d'un beau noir profond.

– Regarde comme cette encre est belle. Tu comprends, maintenant, pourquoi il me fallait de l'eau claire ? L'eau c'est la clarté du jour et le blanc du papier. Le noir, c'est le velours de la nuit et l'encre satinée du pinceau. Si tu sais faire correctement de l'encre, tu n'auras plus jamais peur des cauchemars…

– Peuh, je ne fais jamais de cauchemar !

– Crois-moi, petit moineau, celui qui sait apprivoiser le blanc du papier et le noir de la nuit peut dessiner tous ses rêves et ses cauchemars…

– C'est vrai, demande Tojiro ?

– C'est ce que je fais depuis que j'ai ton âge.

CHAPITRE 9

Dans les semaines qui suivent, Tojiro fait de rapides progrès. Il sait fabriquer l'encre selon les besoins du maître, nettoyer le suzuri et les pinceaux, préparer et couper le papier. Il travaille la calligraphie, apprend à lire, apporte les esquisses du maître à l'atelier de gravure et, surtout, il enchante le vieil homme par sa gaieté insouciante.

Pour récompense, à la fin de chaque matinée, il se plonge dans l'un des nombreux livres du peintre :

— Maître, demande-t-il un jour, ne m'avez-vous pas dit que vous êtes l'illustrateur de ce livre ?

— Si, moineau, mais laisse-moi, je suis sur un dessin difficile.

— Maître, et celui-là, est-ce vous qui l'avez illustré également ?

— Oui, c'est bien moi, lâche dans un soupir le vieux peintre, laisse-moi, j'ai du travail.

— Mais pourquoi n'avez-vous pas signé du même nom ?

— Tu sais, si je devais faire le compte de tous les noms sous lesquels j'ai signé, la matinée serait finie et je n'aurais pas avancé. Un artiste comme moi change de nom chaque fois qu'il aborde une nouvelle période de sa vie, ou qu'il change dans sa manière de peindre et de dessiner. Par exemple, j'ai changé de nom en quittant l'atelier de Katsukawa Shunsho, mon premier maître. Je commençais à être très connu pour mes portraits d'acteurs de kabuki et j'avais peint une très belle affiche pour un marchand d'estampes du quartier. Un de mes compagnons de travail, passant devant la boutique de ce marchand, la remarqua et la déchira : il trouvait qu'elle n'était pas conforme au style de notre atelier.

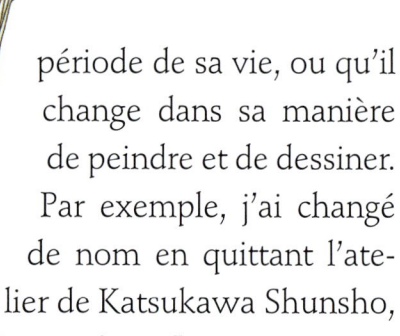

Je crois surtout qu'il était jaloux, car c'était vraiment un travail magnifique. Comme il était plus ancien que moi, je n'avais en principe rien à dire. Alors je me suis fâché et j'ai quitté l'atelier. A cette époque, je signais sous le nom de Shunro, puis je changeai pour celui de Sori. Ensuite, j'ai signé Hokusai, qui veut dire « atelier du Nord », et j'ai décidé de suivre ma propre voie, celle d'un « esprit libre planant au-dessus des plaines de l'été ». Chaque nouvelle période de ma vie était comme une nouvelle naissance, c'est pourquoi j'ai adopté tant de signatures. Naturellement, tu sais sous quel nom je signe aujourd'hui, moineau… Gakyorojin Hokusai, « le vieillard fou de dessin ». Alors, qu'en dis-tu ?

– Ça, c'est tout à fait vous ! dit Tojiro en éclatant de rire.
– Tu ne devrais pas te moquer. Sais-tu seulement que j'ai reçu la visite du shôgun, en personne, avec toute sa garde, alors qu'il revenait de la chasse au faucon…

— Vous, le shôgun, et sa garde de samouraïs ?

Tojiro en ouvre des yeux tout ronds.

— Parfaitement, moineau. Les samouraïs, les courtisans, le shôgun, tous en grand habit de chasse, montés sur leurs splendides chevaux et portant à leur poing ganté les faucons les mieux dressés du pays.

— Mais comment ?

— Grâce à ma réputation de peintre, bien sûr. Je ne me suis pas contenté d'illustrer des petits livres bon marché, j'étais un artiste connu. Je fréquentais les clubs de poésie : le club des Bambous ivres, le club des Chapeaux fleuris, le club des Chrysanthèmes ébouriffés. Que pourrais-je t'en dire, c'était une société joyeuse, spirituelle et cultivée. Et je collaborais avec de nombreux écrivains, comme Bakin…

– Bakin ?

– Oui, Bakin. Il devrait te plaire : c'est un fils de samouraï. Il a écrit des dizaines de romans sur les aventures extraordinaires de guerriers chinois ou japonais, tous très appréciés des samouraïs, du shôgun et de sa cour, justement…

Mais écoute mon histoire : ce jour-là, nous étions en automne, je m'en souviens très bien, et j'étais en train de peindre, la cloison ouverte sur le jardin, quand je vis toute cette cavalcade s'arrêter devant chez moi.

Le shôgun se fit annoncer et me demanda aimablement de peindre quelque chose pour lui… Il désirait me regarder faire, car, disait-il, ma réputation avait franchi les murs de son palais.

Aussitôt j'ordonnai à mon aide de déployer sur le sol un large rouleau de papier et de placer devant moi un pot d'encre claire. Très vite, à l'aide d'un large pinceau, je me mis à dessiner les ondoiements d'une rivière. Jusque-là les seigneurs me regardaient faire avec un silence respectueux, mais je sentis chez eux une légère agitation quand je demandai à mon apprenti de m'apporter un coq…

– Un coq ?

– Un coq, oui. Je trempe donc les pattes de ce coq dans de la couleur pourpre et je le fais marcher sur le dessin…

– Oh…

– Chaque empreinte de patte avait exactement la forme d'une feuille d'arbre… Il ne me restait plus qu'à signer. Pour finir, je traçai ce court poème au-dessus de mon dessin : « Feuilles d'automne sur la rivière Tatsuma ». Ce dessin fit l'admiration du shôgun et sa suite…

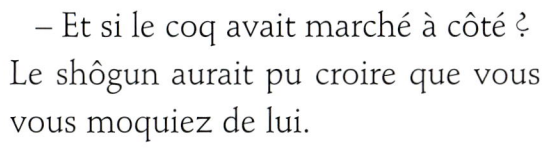

– Et si le coq avait marché à côté ?
Le shôgun aurait pu croire que vous vous moquiez de lui.

– C'était un risque à courir, et cela m'amusait. Parfois le shôgun faisait interdire des livres ou des estampes. Certains de mes amis avaient même été condamnés à suspendre leurs publications, d'autres ont fait de la prison. Mais nous aimions trop la liberté pour ne pas jouer avec la censure ou l'humeur du shôgun… Bien, je dois continuer à travailler. Je te prête ce livre de Bakin, essaye de te faire aider pour le lire. Quand tu l'auras fini, tu en auras un autre pour la suite.

– La suite ?

– Oui, la suite. Méfie-toi, c'est une histoire en vingt volumes.

– Tant mieux ! J'adore les histoires de guerriers !

CHAPITRE 10

LES LECTURES DE TOJIRO

Plus le temps passe, plus Tojiro prend plaisir à son rendez-vous matinal avec le vieux peintre. Sa curiosité grandit aussi, il ne se lasse pas d'explorer la bibliothèque. Il n'aurait jamais imaginé autant de sujets de livres : des contes, des livres satiriques, des recueils de poésie, des descriptions de la ville d'Edo, des romans, des histoires de fantômes et d'esprits, des traités d'histoire naturelle. C'est la magie du vieux peintre : il peut en quelques coups de pinceaux faire surgir les choses ou les êtres les plus extraordinaires. Des tengus au nez pointu, des souris habillées comme des gens de la rue, ou, au détour d'une page, un vaillant guerrier aux prises avec une araignée géante.

Beaucoup de ces ouvrages, le vieux peintre l'affirme, ont été écrits par lui-même, mais comment en être sûr, avec toutes les signatures qu'il a utilisées ?

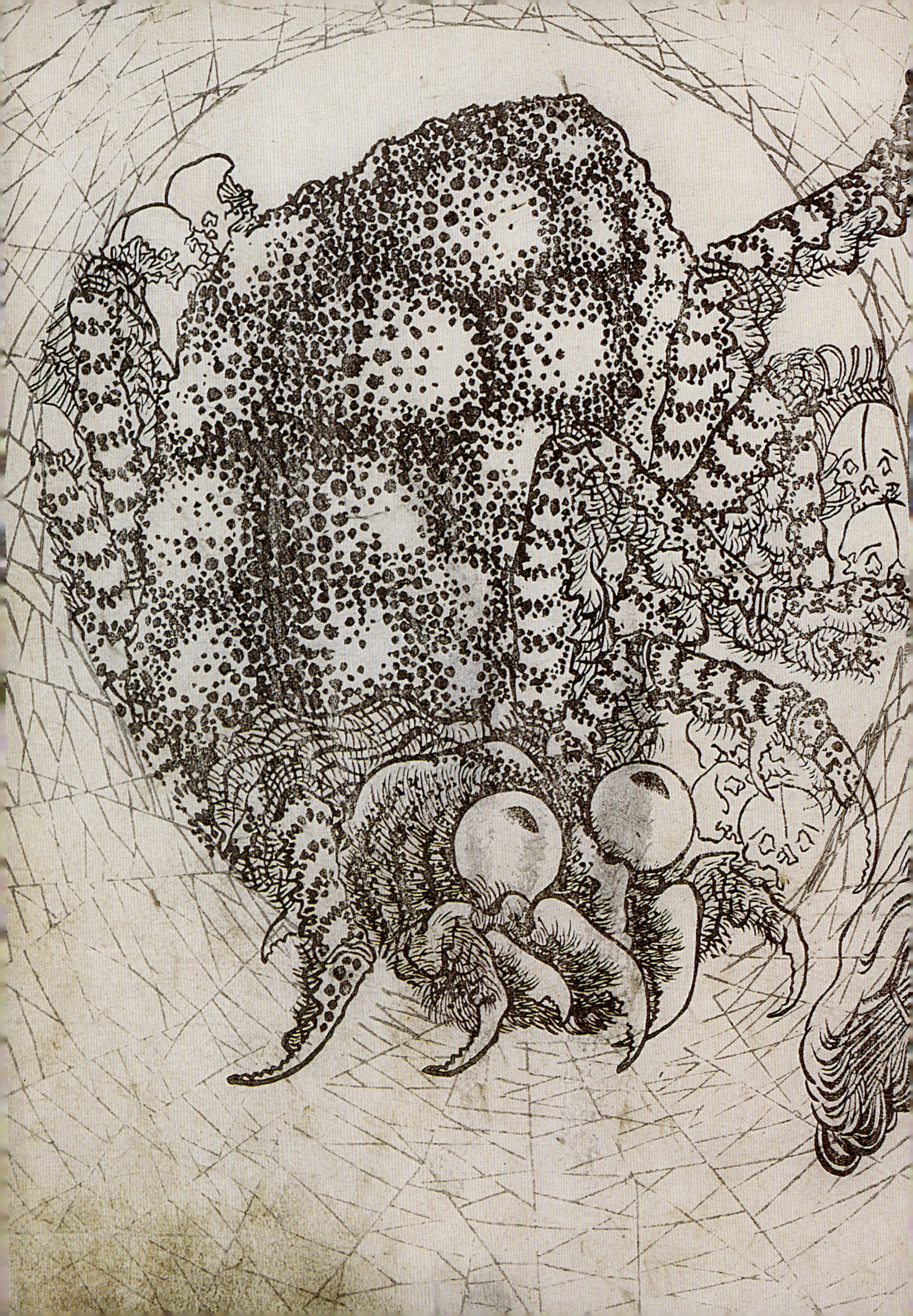

一物巧機多
娑羅一不用扠
一身供一口
無奈一身何

Un beau jour, Tojiro se met à rire et à exécuter des pas de danse dans l'atelier. Le maître lève le nez de son dessin :

– Eh bien moineau, quelle mouche te pique ?

– Regardez, Maître, ce que j'ai trouvé, et il brandit un petit livre intitulé *Leçons de danse par soi-même*.

– Oh oh, je m'en souviens, rigole le maître, j'avais rêvé de danse toute la nuit, et figure-toi qu'au petit matin je m'étais réveillé avec l'idée dans la tête que je savais danser !

J'ai aussitôt pris du papier et un pinceau, et je me suis mis à dessiner toutes les danses qui me passaient par la tête : la danse du batelier, la danse du marchand d'eau fraîche, la danse du mauvais esprit, et ainsi de suite. Naturellement tout cela était plus ou moins faux, je suis même sûr que celui qui voudrait danser en suivant les pas que j'ai indiqués aurait toutes les chances de se retrouver immédiatement le derrière par terre !

– Ah ah ah ! Tojiro pleure de rire à imaginer le vieux peintre en train d'exécuter dans son atelier des figures de bouffon.

Et le voilà qui sautille en tous sens dans la pièce, en mimant l'air bougon de son maître.

– Hi hi hi, un vieux bonhomme comme vous, aussi raide qu'une tuile de toit, danser avec des socques en bois, je n'y crois pas, je n'y crois pas !

– Ah ! mais ça suffit, moineau, je ne t'ai pas pris chez moi pour que tu te moques de moi. Tu me provoques ? Très bien, en garde ! Défends-toi ! Nous allons bien voir si tu es de la graine de samouraï.

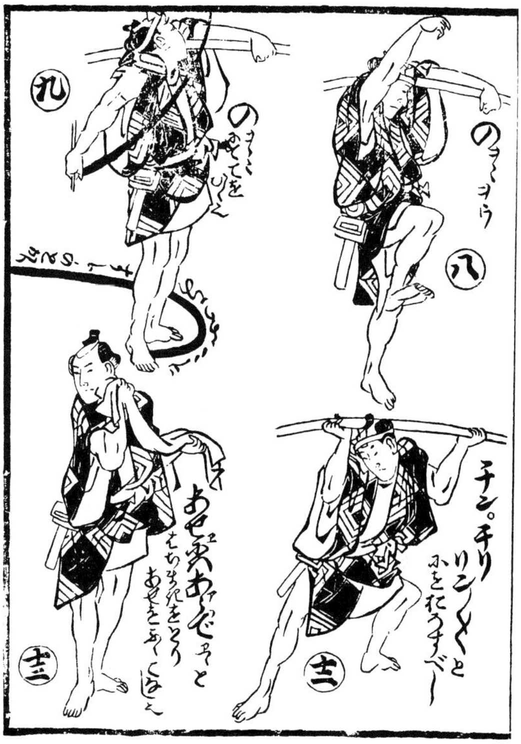

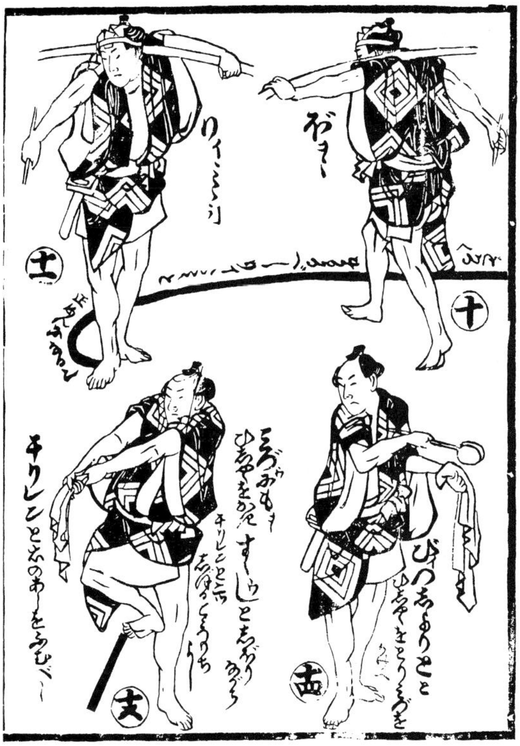

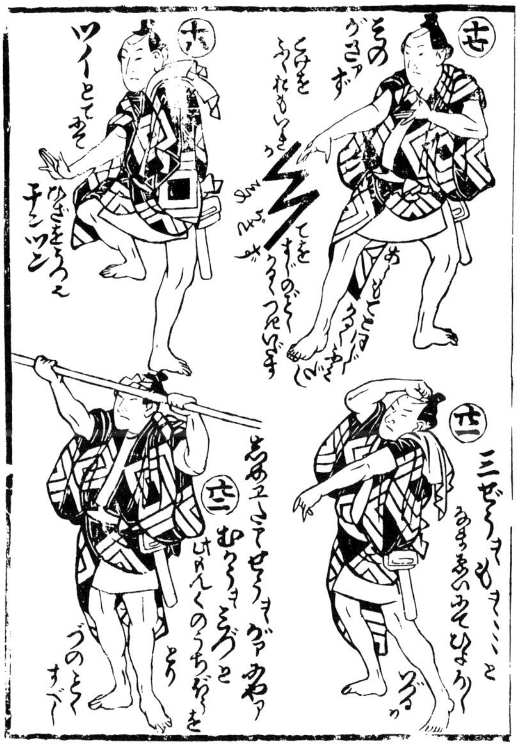

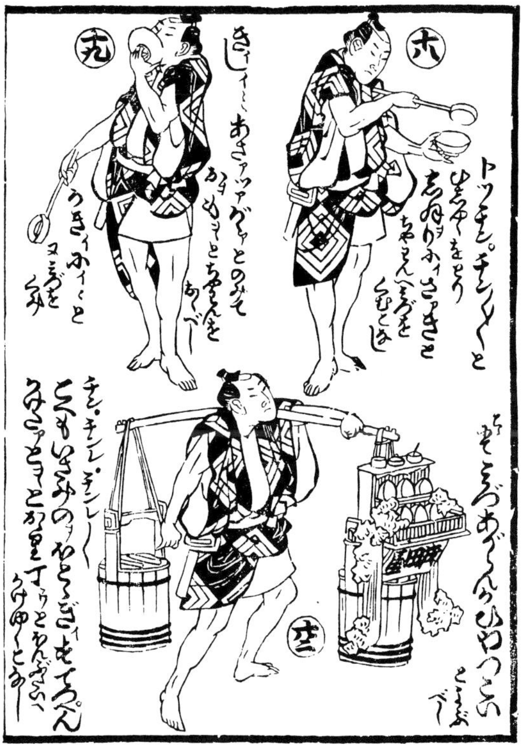

Alors, comme saisis par le démon de la danse, le vieux peintre et Tojiro se mettent à tourner l'un autour de l'autre en se menaçant chacun de la pointe d'un pinceau. Une attaque est lancée : hop, on fait un pas de côté. Entrechats, grimaces, esquives et offensives, tout est bon. Le vieil homme pousse des rugissements rauques à moitié étouffés et fronce les sourcils qu'il a déjà naturellement en bataille. Le jeune garçon, lui, roule des yeux en sautillant de tous côtés.

Tout s'achève en une crise de fou rire qui les secoue longtemps tous les deux.

– Merci, moineau, dit le maître quand ils sont enfin calmés, cela m'a rappelé mes duels avec mon ami Bakin. Nous nous sommes disputés je ne sais combien de fois ! Et nous avons ri bien davantage ! Tu es sur la bonne voie, un bon artiste doit souvent rire !

CHAPITRE 11

PROMENADE AU TEMPLE

– Aujourd'hui, moineau, je t'emmène en promenade. Il fait trop beau pour rester à l'atelier, et puis j'ai envie de marcher.

Ils s'en vont par les petites rues où tout leur est si familier. Ils reconnaissent les bruits, les odeurs, les cris de chaque métier. Tojiro veut à tout prix faire étalage de son savoir, il bombe son petit torse de moineau et n'arrête pas de pépier, quand Hokusai l'arrête soudain et lui fait signe de se taire.

– Chut… Regarde, dit-il en tendant le doigt. Tu vois, le papillon sur la pivoine…

Tous deux s'immobilisent, et dans les yeux du vieillard passe le même émerveillement que dans ceux de l'enfant. Quand, ensemble, ils se remettent à marcher, le maître serre la main de l'enfant et lui glisse à l'oreille :

– Apprends à regarder en silence, si tu ne veux pas que le bruit chasse devant tes yeux la beauté des choses fragiles.

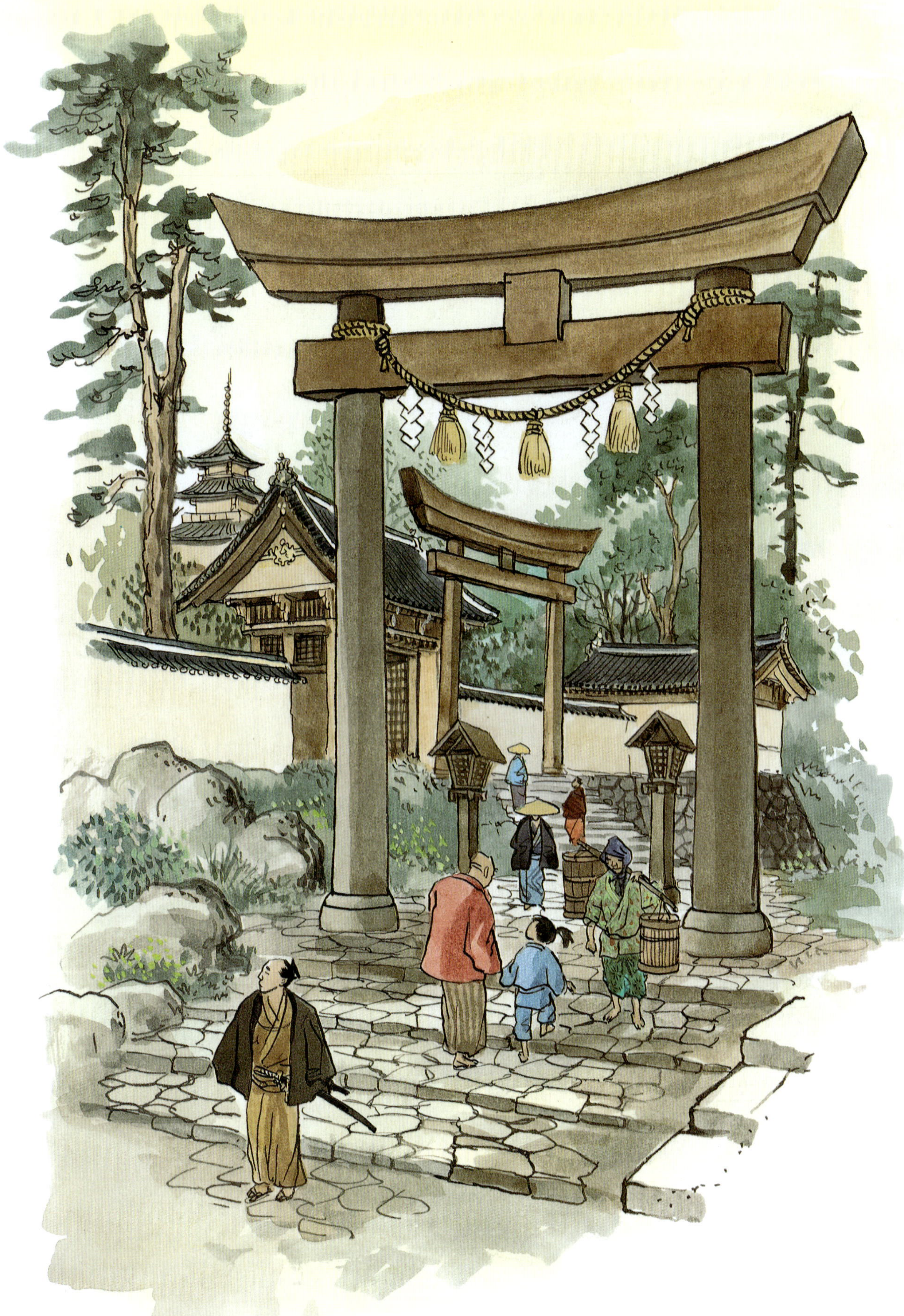

Tout en cheminant, ils passent sous un torii, un grand portique de pierre qui annonce l'entrée d'un temple shinto.

– Maître, dit soudain Tojiro, je voudrais faire un vœu et prier le dieu renard.

– Eh bien, entrons, propose le vieillard.

Ils se lavent les mains à l'eau d'une source, puis, dans une première cour, ils s'inclinent devant un grand encensoir, en inspirant doucement les fumées odorantes de l'encens qui montent dans l'air frais du matin. De grands arbres font une pénombre accueillante, un petit cours d'eau chante en cascadant parmi quelques rochers couverts de mousse. Une allée de lanternes de pierres mène à un pavillon qui abrite une lourde cloche de bronze. Un prêtre shinto, accompagné de deux officiants, la fait résonner pour attirer sur le temple la bienveillance des dieux.

Tojiro s'incline devant un autel consacré au dieu renard. Dans le secret de son cœur, il demande au dieu de lui accorder le talent de son maître. Le vieillard regarde prier l'enfant en souriant.

– Maître, demande Tojiro en se redressant, vous ne priez pas avec moi le dieu renard ?

– Non, moineau, je suis bouddhiste. Un autre jour, si tu veux, je t'amènerai avec moi au temple de Daruma : le moine qui veille sur ce temple est mon ami, et je voudrais lui offrir une peinture pour remercier Daruma de me prêter si longue vie.

– C'est vrai que vous êtes vieux, remarque gravement Tojiro, pourtant, je vous trouve plus jeune que mon oncle. Jusqu'à quel âge voulez-vous vivre ?

– Jusqu'à cent ans, moineau, je l'espère, et davantage, si je peux…

CHAPITRE 12

LE DÉFI

– J'ai faim, dit le vieux peintre en sortant du temple, je t'invite à picorer un morceau, moineau ?

Ils s'attablent tous deux à une échoppe en plein air. Hokusai commande des sobas, délicieuses nouilles de blé noir, des norimakis, boulettes de riz et de légumes entourées d'algues séchées, et se fait apporter pour lui une théière de thé vert.

– Est-ce que tu as déjà entendu parler du grand portrait de Daruma que j'ai fait un jour ?

– Non, répond le garçon, qui engouffre des bouchées doubles de ce qu'il peut avaler…

– Non ? dit le peintre un peu déçu, c'est pourtant une histoire fameuse, je m'étonne qu'un garçon de ton âge ne la connaisse pas. Il est vrai que cela se passait à Nagoya…

– Nagoya ? Connais pas !

– Bon, fait le vieillard agacé, j'espère que tu profiteras un jour de tes ailes pour t'envoler, moineau. Il y a d'autres villes que celle où tu es né. Qui sait, un jour, tu prendras peut-être ton bâton de pèlerin pour emprunter la route du Tokaido qui mène jusqu'à Kyoto, notre vénérable cité impériale.

65

Une fameuse route, crois-moi. On y croise toutes sortes de gens, des marchands, des pèlerins, des dames de la cour en voyage, tout cela dominé de très haut par les neiges du mont Fuji... Ma fois oui, je verrais bien ta frimousse se promener avec un baluchon sur ce haut chemin... Mais où en étais-je ?

– À Nagoya, maître...

– À Nagoya, c'est ça... Voyons, c'était dans l'année 1817... Hi hi, tu n'étais pas sorti du nid, moineau. Je séjournais là chez des amis, et figure-toi qu'il se trouvait dans cette ville des gens, des jaloux qui prétendaient que je n'étais pas un véritable artiste, sous prétexte que j'illustrais trop de livres « populaires »...

– Mais je les trouve très beaux vos livres...

– Ah, ne m'interromps pas, s'il te plaît ! Donc, ces gens disaient comme ça, cet Hokusai, il a juste un tour de main, du métier, sans aucun doute, mais pas le moindre génie ! Il n'arrive pas à la cheville d'un Utamaro ! Ce n'est qu'un artiste vulgaire ! Un artiste vulgaire ! Tu entends ça ? C'est à croire qu'ils n'avaient jamais vu mes peintures, non mais tu te rends compte, moineau ?

De colère, le vieux peintre en renverse son thé.

Tojiro lève le nez au-dessus de son bol et regarde son maître : il a plus que jamais l'air d'un vieux fou, les touffes de poils blancs qui ornent son vieux crâne se hérissent et des flammes semblent lui sortir des yeux.

– Mes amis se sont réunis pour prendre ma défense et m'ont proposé de faire la démonstration de mon talent de manière éclatante. Nous avons décidé que je réaliserais un portrait géant de Daruma dans la cour du grand temple de Nagoya. Nous avons fait placarder partout dans la ville des affiches pour annoncer l'événement : « Hokusai Taito Gakyojin, notre hôte de la capitale de l'Est, le cinquième jour du dixième mois de l'année du bœuf, exécutera un portrait géant de Daruma ! » Et tu peux me croire, il y avait du monde pour les lire !

Le visage du vieux peintre s'anime de plus en plus. Il met dans ses paroles toute la conviction et la fougue de sa jeunesse, si bien que Tojiro croit soudain voir devant lui une sorte de démon du Dessin et de la Peinture habité d'une violente colère. Il en oublie de manger, et, la tête dans les mains, ouvre grandes ses oreilles au récit du vieux peintre…

CHAPITRE 13

LE PORTRAIT DE DARUMA

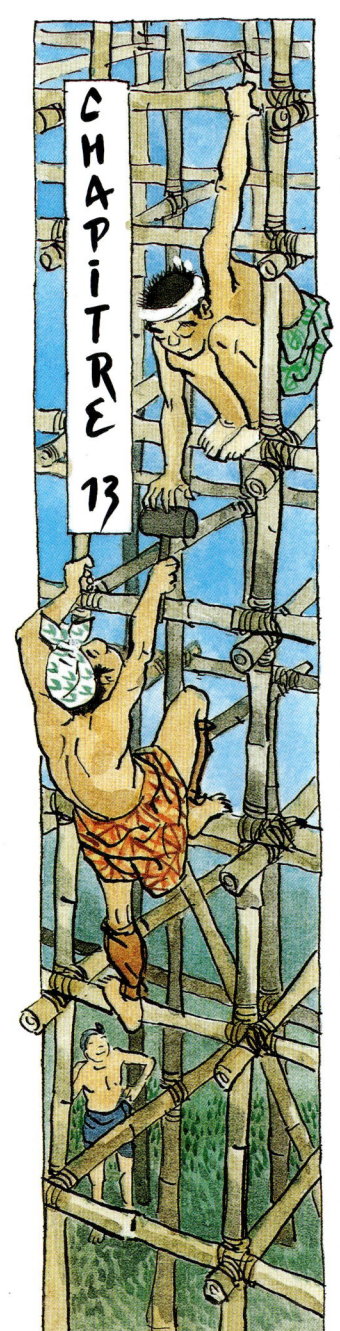

Vint le petit matin de ce fameux jour. Les préparatifs duraient déjà depuis plus de deux semaines et mes assistants s'étaient affairés toute la nuit. Dans la cour du temple, on avait tendu une immense feuille de papier sur une natte de paille de riz tressée pour l'occasion. Des lattes de bois disposées régulièrement empêchaient le vent de soulever cette gigantesque feuille.

J'avais fait fabriquer des pinceaux géants, en paille de riz et en bambou. D'énormes quantités d'encre, contenues dans des baquets de bois, étaient réparties tout autour de la gigantesque feuille blanche.

Tous les notables de la ville avaient pris place dans une tribune, la foule s'était massée dans la cour du temple, retenue derrière des barrières que gardaient les moines.

Au lever du jour, revêtu d'un large pantalon de cérémonie et d'une tunique aux manches retroussées, je fis mon entrée, suivi des plus âgés de mes élèves. Je commençai à tracer la courbe de l'œil de Daruma. Pendant que cet œil immense apparaissait sur le papier, plongeant son regard dans le ciel, cinq mille paires d'yeux rivés sur le sol me regardaient faire… Un assistant me présenta un deuxième pinceau et je dessinai le sourcil, puis je dus avancer de plusieurs pas pour entamer la courbe d'un deuxième œil. Imagine, Tojiro, le peintre se déplaçant au fur et à mesure sur l'œuvre qu'il crée !

À la fin de la matinée, le visage de Daruma était fini. Je pris alors un pinceau plus large encore que les précédents, et, le tirant par-dessus mon épaule avec une corde, j'entamai le dessin de la robe.

On aurait dit les flancs d'une montagne, sur laquelle l'étrange attelage que je composais avec mon pinceau se promenait, tout en lui donnant forme.

Quand le dessin fut terminé, je fis jeter la couleur à pleins seaux par mes assistants tandis que d'autres épongeaient le trop-plein à l'aide de linges mouillés…

À la fin de l'après-midi, le portrait était fini.

Il ne restait plus qu'à le dresser sur son échafaudage.

À mon signal, plusieurs équipes d'hommes vigoureux commencèrent à tirer sur les lourdes cordes passées dans les poulies du portique destiné à porter le dessin.

Cela t'aurait plu, j'en suis sûr, de crier avec la foule « ho hisse ! ho hisse ! », pendant que le portrait montait lentement au-dessus d'elle. À vrai dire, il était si grand qu'on ne put le dresser dans sa totalité.

Tout le monde s'est alors approché pour l'admirer, avec l'empressement d'une armée de fourmis autour d'une part de gâteau !

Et voilà, mon cher moineau, comment je suis devenu pour tous les habitants de Nagoya, Daruma Senseï, « le maître de Daruma » !

CHAPITRE 14

LA GRANDE VAGUE

La neige a recouvert la grande ville.

Il fait froid. Partout, on déblaye à la pelle les routes et les chemins. Cela fait dix mois que Tojiro se rend chaque matin dans l'atelier du vieux peintre. La pièce est chauffée par un brasero près duquel le maître a installé sa table, afin d'éviter que l'encre ne gèle sur ses pinceaux. Pas un jour ne passe sans qu'il n'y travaille.

Parfois, il se met en colère ; d'autres jours, il a une sorte de sourire dans les yeux. Aujourd'hui, la joie fleurit dans son regard. Le premier dessin de la matinée l'a mis de bonne humeur. On y voit un shishi qui s'ébroue dans la neige.

Tojiro a fini ses exercices d'écriture.

Pelotonné dans un coin de l'atelier, l'enfant regarde les estampes des *Trente-six vues du mont Fuji*, un recueil paru en 1830.

Parmi toutes les images, une le fascine particulièrement. Elle a pour nom « La grande vague à Kanagawa ».

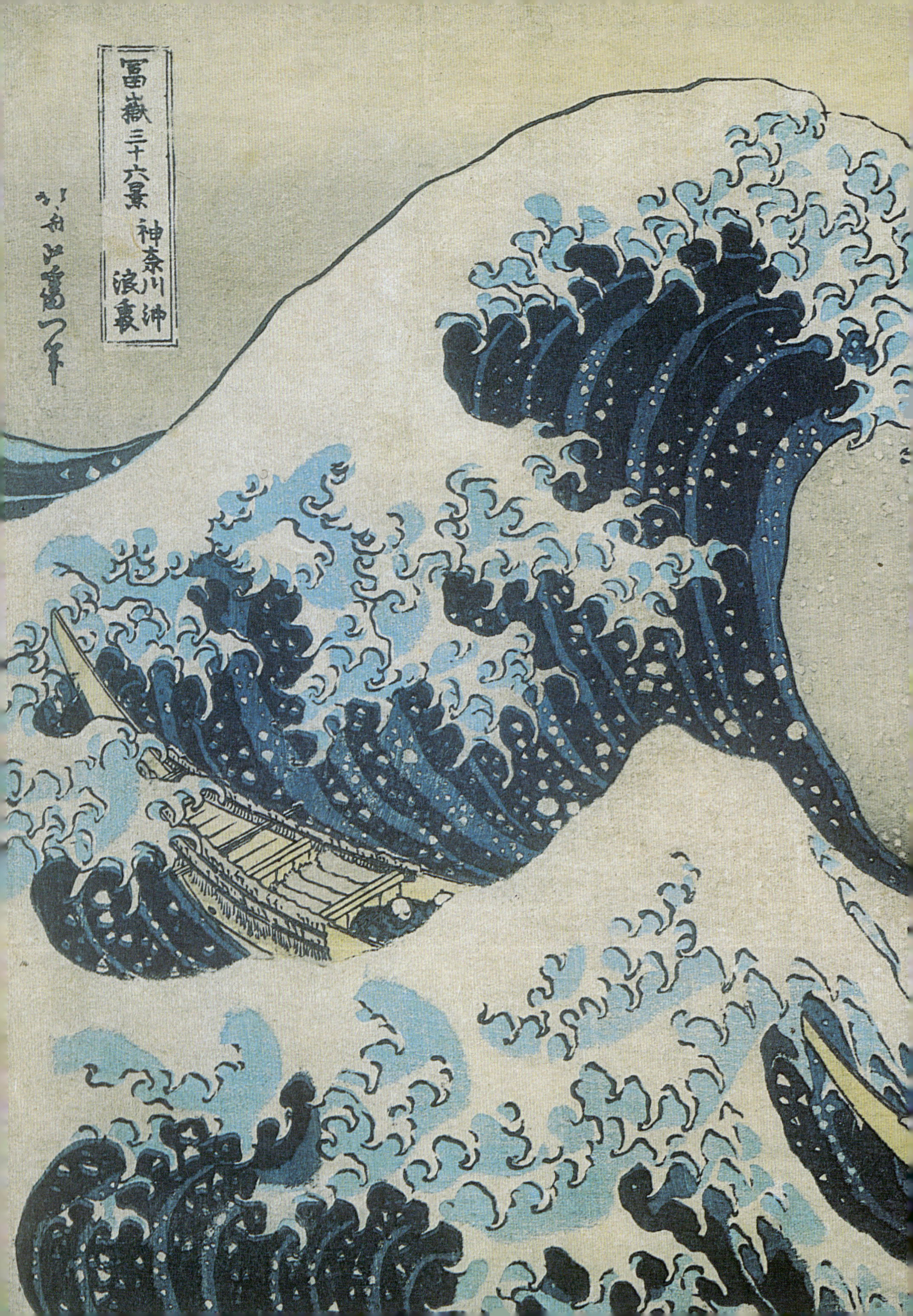
冨嶽三十六景 神奈川沖
浪裏

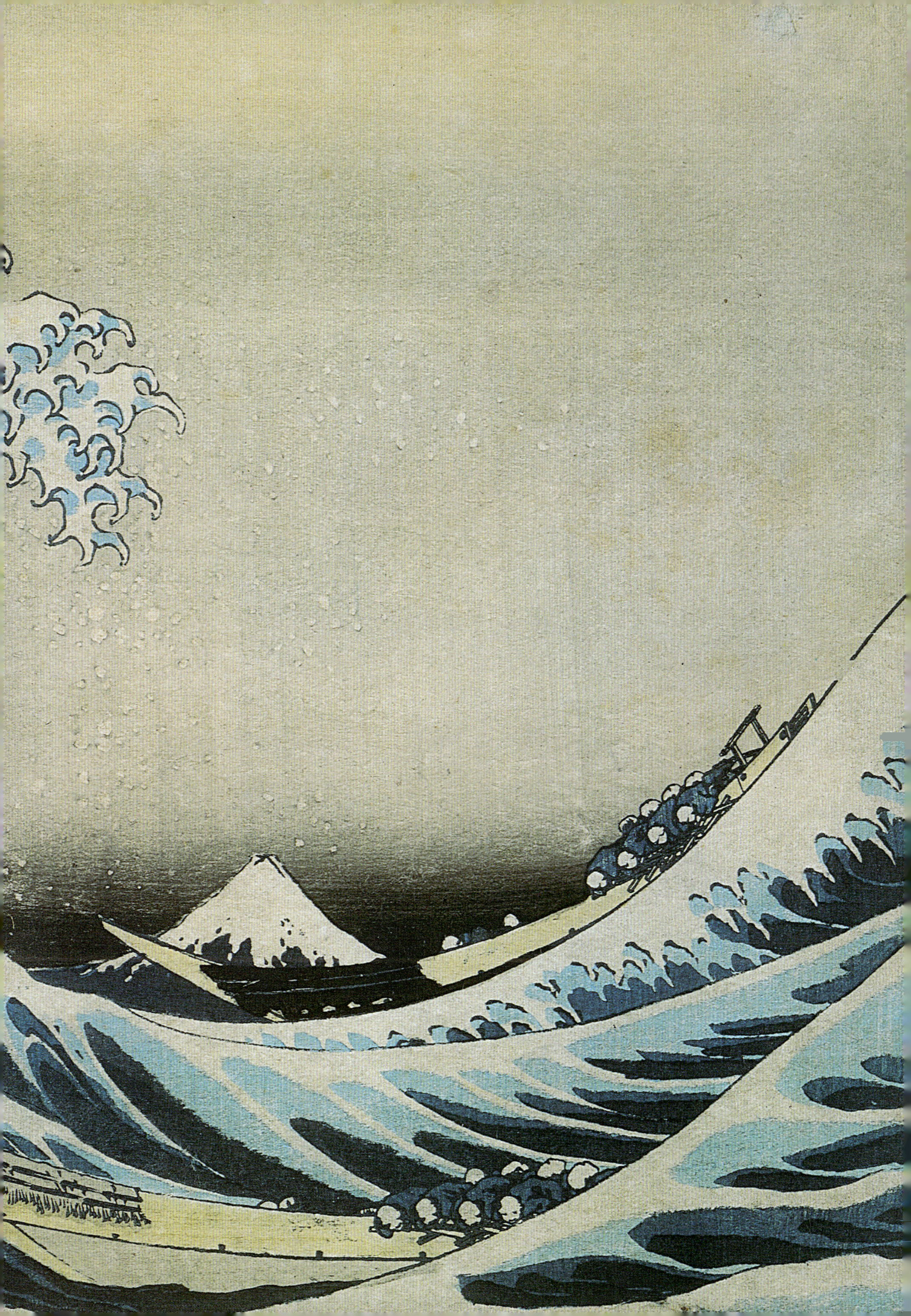

C'est une vague monstrueuse qui s'apprête à déferler sur des barques de pêcheurs tandis qu'au loin se distingue, minuscule, le cône enneigé du mont Fuji.

Comment le maître s'y prend-il pour arrêter ainsi le temps ? La vague semble vivante, elle bouillonne d'écume, on la voit prête à s'écrouler. Par la seule magie de son dessin, le maître a fixé pour l'éternité les deux éléments les plus fluides de l'univers : l'eau et le temps…

Alors Tojiro lève son nez, et glisse un regard plein de reconnaissance vers le vieux peintre, toujours courbé sur son travail.

CHAPITRE 15

Parfois des amis, peintres ou hommes de lettres, viennent rendre visite au maître. Ils prennent le thé et discutent longuement des qualités et des mérites de chacun, ou du renom de tel ou tel peintre en vogue. Mais, Tojiro le voit bien, c'est encore son maître qui domine les conversations par la précision de ses critiques et la justesse de son jugement, et, dans ces occasions, sa culture littéraire et artistique se révèle prodigieuse.

– Et ce garçon, quand allez-vous lui apprendre à dessiner, cher Hokusai ? Ses prunelles brûlent déjà du même feu que le vôtre.

Tojiro dresse l'oreille. Est-ce de lui que l'on parle ? Il n'a encore jamais osé demander au maître une leçon de dessin. Le vieil homme se préoccupe surtout de ses progrès en écriture et en lecture, et pour le reste, il lui conseille d'ouvrir les yeux et de bien regarder les livres qu'il lui prête.

– Je pourrais lui donner les manuels pour apprendre à dessiner, *L'Initiation au dessin rapide* ou *Le Recueil de dessins en un coup de pinceau*… encore que le moineau me semble un

APPRENDRE À DESSINER

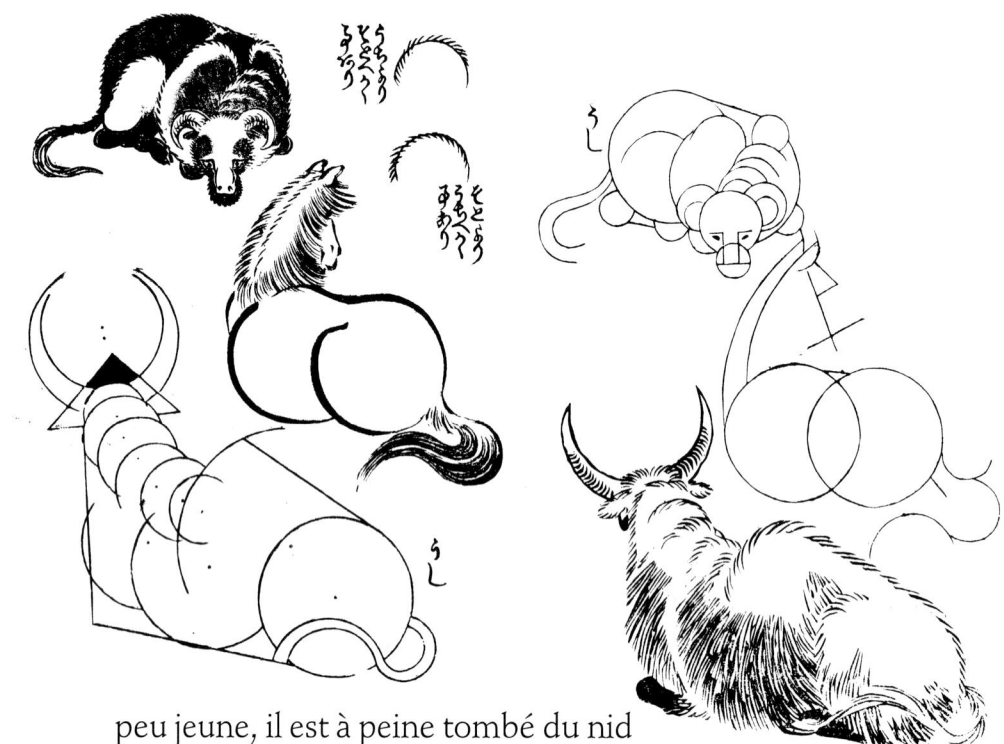

peu jeune, il est à peine tombé du nid
et ne tient pas encore parfaitement le pinceau…

Tojiro sent malgré lui des larmes lui monter aux yeux. Le maître n'est qu'un égoïste, pense-t-il, il est très vieux, il a un grand savoir, et il ne veut pas le partager.

Lorsque ses amis sont enfin partis, le vieux peintre vient s'asseoir auprès de Tojiro, encore tout triste de sa déconvenue. Il pose sur le tatami une boîte et en sort dix petits livres.

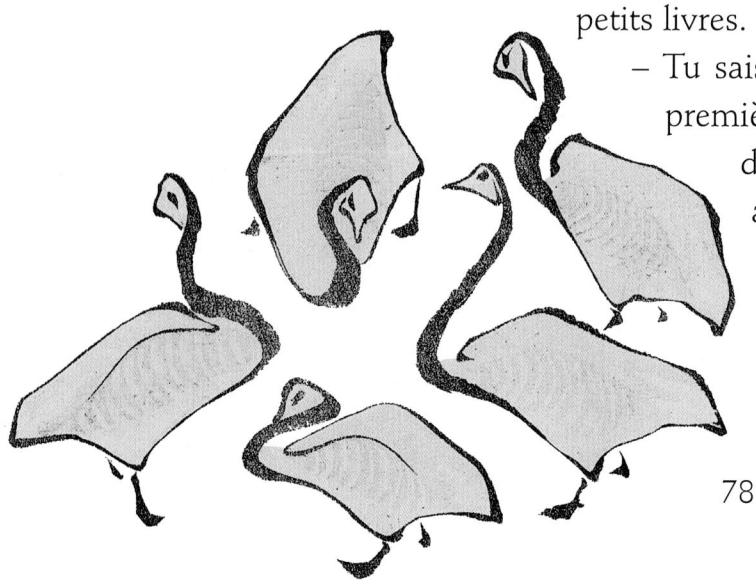

– Tu sais, moineau, ce n'est pas la première fois qu'on me demande d'apprendre à dessiner aux autres. J'ai même imaginé des livres pour ça : un manuel du dessin en un seul coup de pinceau, un autre qui apprend à utiliser le cercle et le carré, les deux formes primordiales pour construire un dessin… cependant mes amis n'étaient jamais satisfaits. Un jour, l'un d'eux m'a même fait le reproche de ne pas vouloir vraiment transmettre mon savoir, ce qui est la pire des insultes pour un homme comme moi, tu peux me croire. Nous étions plusieurs à discuter, et la conversation commençait à tourner au vinaigre, quand, pour couper court aux critiques, je me suis soudain dressé en disant : « Bon, vous voulez apprendre à dessiner ? Très bien, regardez ! Et apprenez, si vous le voulez ! »

J'ai pris un grand paquet de feuilles, de l'encre et un pinceau, et là, sans interruption, je me suis mis à dessiner tout ce qui me passait par la tête, à la vitesse de la pensée.

Une montagne ? la voilà. Une troupe de mendiants ? les voici. Des acrobates, une cascade, une forêt de pins, trois grenouilles, une lutte au bâton, une femme qui se peigne, un vieillard qui bâille, un chien dans la neige, un grillon, un paysan sous la pluie ? Ils naissaient tous à l'instant, sous les rapides coups du pinceau. C'est à peine si je levais la main, sauf pour recharger d'encre le pinceau. C'était à Nagoya, chez Gekkotei Bokusen…

Toute la journée, j'ai dessiné. Mes amis se prenaient au jeu et me soufflaient des sujets.

Plus tard, un ami éditeur a souhaité reproduire ces dessins dans un album. Comme l'idée me plaisait, j'en ai dessiné des centaines d'autres, de quoi faire plusieurs livres. Je les ai appelés man-ga, « dessins au fil de la pensée », et ces recueils ont pris le nom de « Hokusai Manga ».

Regarde-les, Tojiro, c'est le fruit de toute une vie d'observation. L'âge venant, je me suis de plus en plus intéressé à la diversité des formes dans la nature : ce que tu as sous les yeux, c'est une véritable encyclopédie en dessins. Quand tu les auras bien étudiés, tu en sauras déjà beaucoup ; mais l'essentiel, tu l'apprendras avec ta main, tes yeux et ton cœur.

Quand le jeune garçon s'est bien rassasié les yeux, le vieux peintre reprend la conversation :

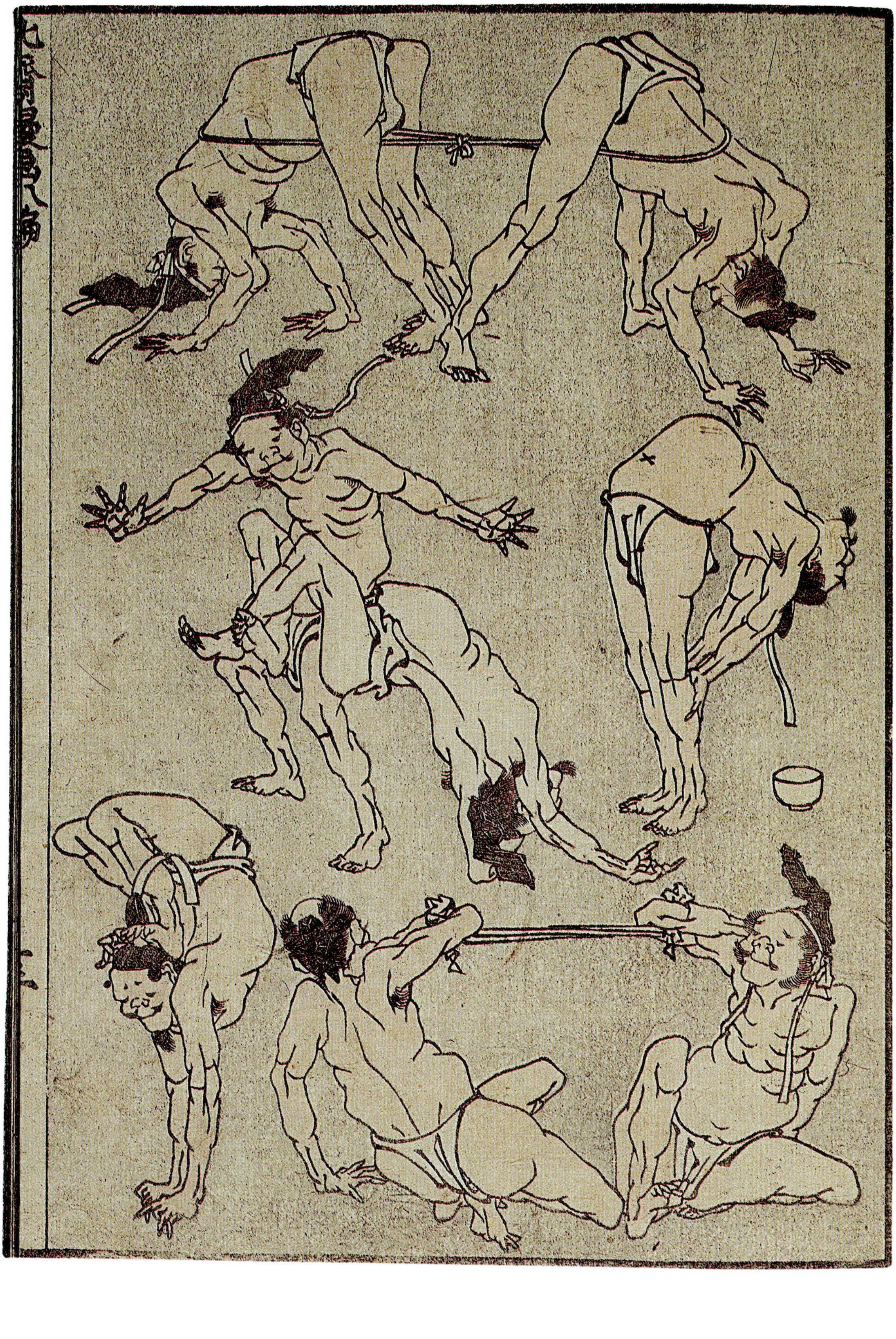

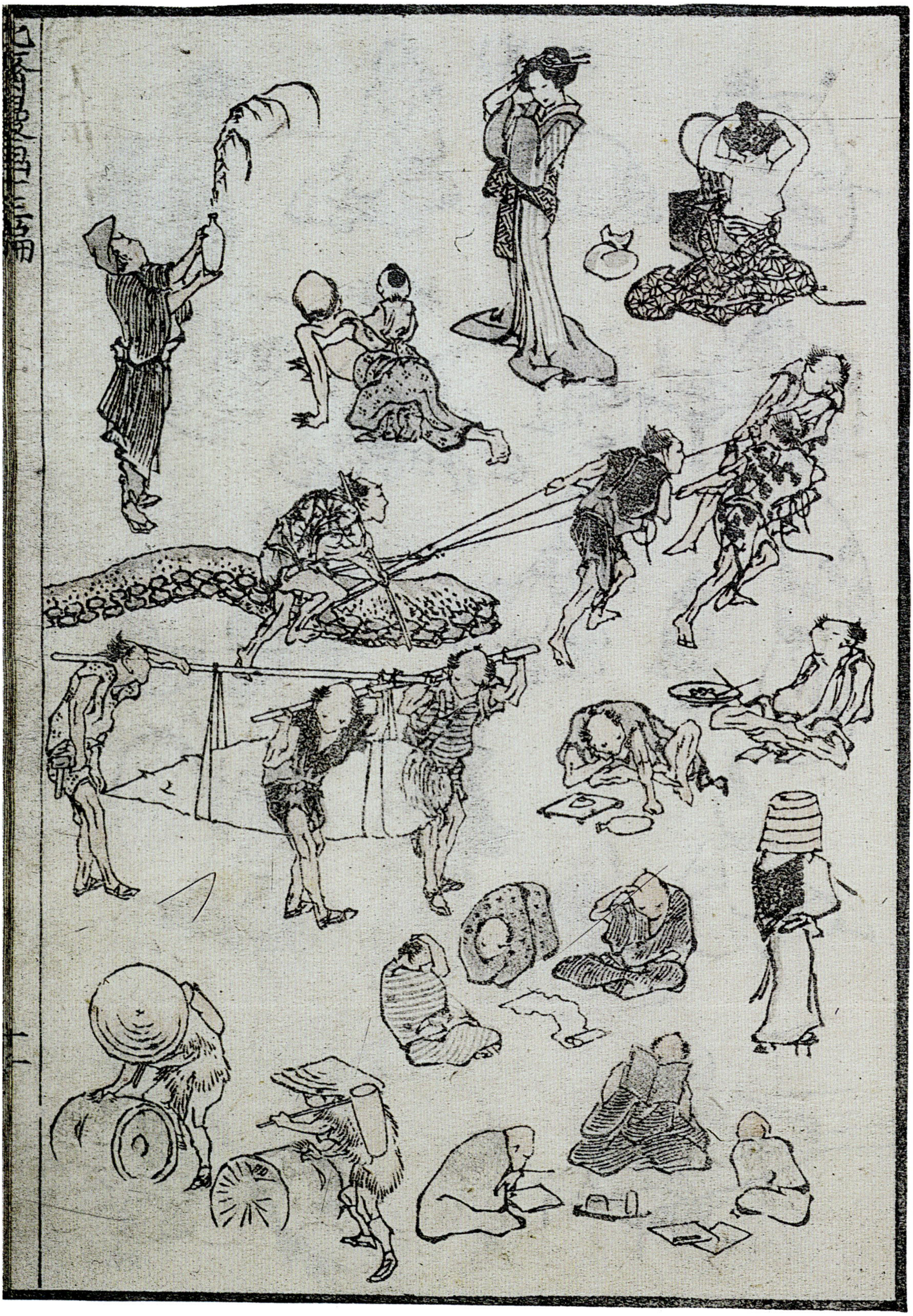

絹の筆ひつ略りやく

– Au fait, moineau, si tu veux vraiment apprendre à dessiner, il te faut de vrais outils.

Il dépose devant lui un carnet de feuilles blanches reliées, et un étrange étui laqué en forme de pipe.

– Garde toujours ce yatate à la ceinture. Et n'hésite jamais à t'en servir, où que tu sois, à tout moment, en toute occasion. C'est notre sabre, à nous autres, les dessinateurs.

Tojiro ouvre le couvercle de l'étui : il protège un minuscule réservoir d'encre et, dans le manche, un pinceau tout neuf.

CHAPITRE 16

Le 5 mai, jour de la fête des garçons, l'oncle de Tojiro a invité le vieux peintre à passer la journée en famille. C'est d'ailleurs à peu près la seule occasion où le marchand de gâteaux de riz se montre vraiment fier de son garçon adoptif. Comme tous les habitants d'Edo, il a décoré sa maison d'une carpe en papier qui danse dans le vent, symbole de la vitalité de l'enfant.

Tout le quartier est en fête, on boit et on mange plus que de coutume et de raison. L'oncle de Tojiro, sous l'effet des carafes de saké que remplit sans cesse son épouse, tutoie et embrasse le vieux peintre, en lui déclamant des louanges sur les progrès qu'il a fait accomplir à son vaurien de neveu.

Hokusai rit de bon cœur, Tojiro avale des gâteaux de riz à s'en étouffer, et le banquet se prolonge tard après la tombée du jour, dans la lueur dansante des lanternes de papier. Enfin, après une dernière coupe, le vieux peintre s'adresse à son élève.

Sa voix s'est soudain faite grave, et la famille l'écoute en silence :

– Tu as bien grandi, Tojiro, et ton oncle

LE VIEILLARD FOU DE DESSIN

peut être fier de toi. J'ai écrit, avec son accord, à un de mes amis, maître graveur à Nagasaki : il est prêt à te prendre à son service et à t'enseigner le métier. C'est une formidable occasion pour toi. Tu vas enfin voyager ! Là-bas, il y a un comptoir tenu par des marchands européens, ils ont d'autres coutumes et connaissent d'autres techniques. Un jeune garçon comme toi doit s'ouvrir sur les autres mondes. Surtout ne te moque pas trop de leurs longs nez, ils sont assez susceptibles.

Suis bien les conseils de ton nouveau maître, graver dans le bois t'apprendra la rigueur, c'est une bonne école. Ainsi, lorsque tu prendras le pinceau, ce sera d'une main ferme et sûre. Si tu veux penser à moi, dessine un shishi chaque matin, et surtout écris-moi quand tu le veux, je ne manquerai jamais de te répondre…

Tojiro incline la tête. Il ne veut pas pleurer le jour de la fête des garçons, mais ses yeux s'embuent malgré lui.

Hokusai fait glisser devant lui un paquet enveloppé de coton :

– Ouvre-le, Tojiro, c'est un cadeau.

En ravalant ses larmes, Tojiro déplie la toile, et découvre le présent du vieux peintre :

Ce sont les dix premiers exemplaires de la Manga !

Le lendemain de cette étrange journée, Tojiro vient faire ses adieux au maître. Sur la table où le jeune garçon aimait lire, le vieux peintre a déposé son célèbre album des *Cent vues du mont Fuji*. Tojiro le feuillette tristement. Soudain, il tombe sur la dernière page où sont inscrits ces mots :

Dès l'âge de six ans, j'ai commencé à dessiner toutes sortes de choses. À cinquante ans, j'avais déjà beaucoup dessiné, mais rien de ce que j'ai fait avant ma soixante-dixième année ne mérite vraiment qu'on en parle. C'est à soixante-treize ans que j'ai commencé à comprendre la véritable forme des animaux, des insectes et des poissons et la nature des plantes et des arbres.

En conséquence, à quatre-vingt-six ans, j'aurai fait de plus en plus de progrès et, à quatre-vingt-dix ans, j'aurai pénétré plus avant dans l'essence de l'art. À cent ans, j'aurai définitivement atteint un niveau merveilleux, et, à cent dix ans, chaque point et chaque ligne de mes dessins aura sa vie propre. Je voudrais demander à ceux qui me survivront de constater que je n'ai pas parlé sans raison.

Hokusai, le vieillard fou de dessin

Alors Tojiro se tourne vers le vieux peintre et lui dit :
– J'apprendrai !

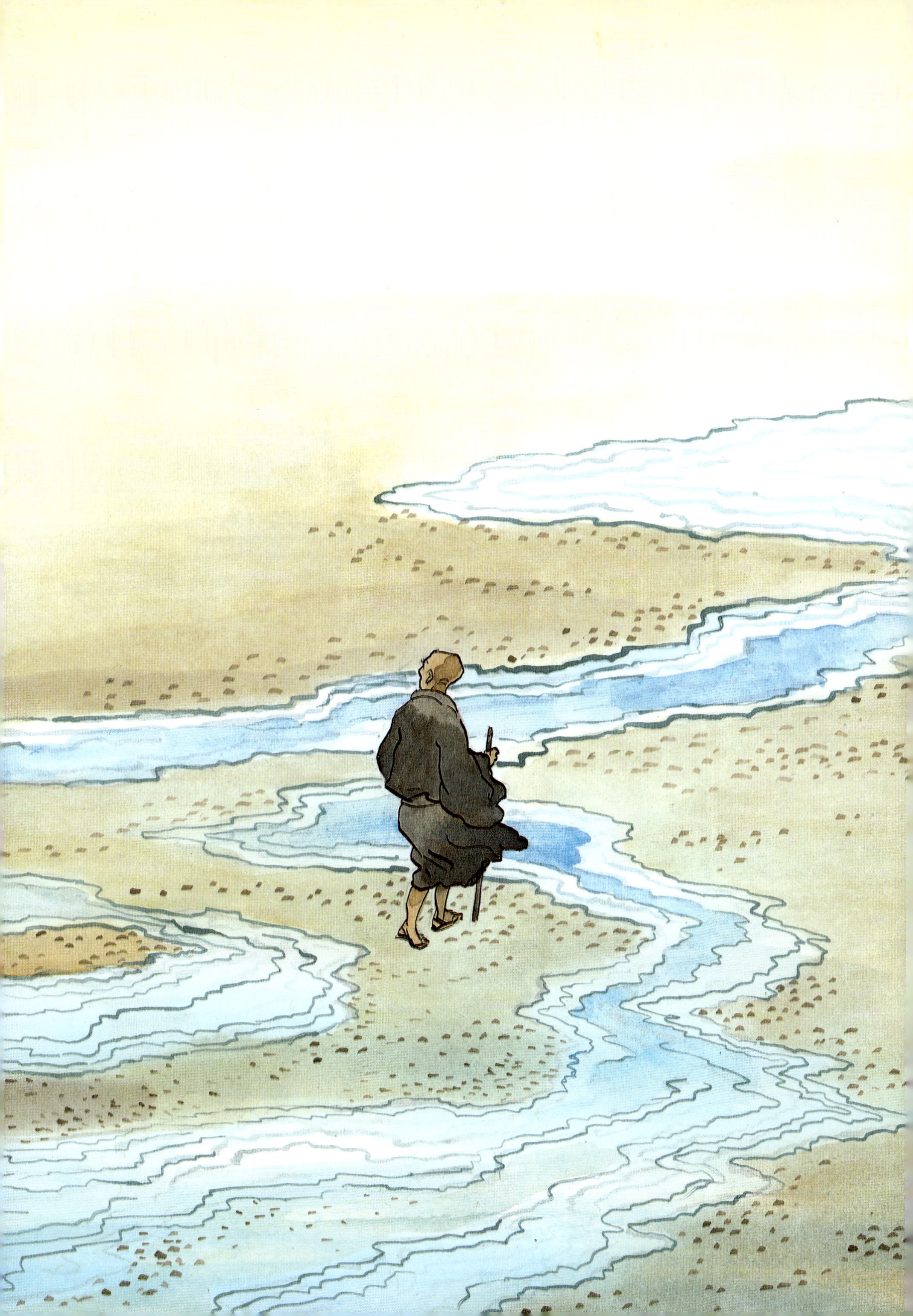

GLOSSAIRE

Le peintre Hokusai a vécu au Japon de 1760 à 1849, à l'époque d'Edo. Le Japon avait alors deux capitales : Kyoto, la cité impériale où résidait l'empereur, et Edo, la « capitale de l'est », où se tenait le gouvernement dirigé par le shôgun, à la fois chef militaire et premier ministre.

Année du Bœuf
L'ancien calendrier était semblable au calendrier chinois, qui attribue un animal à chaque année.

Bouddhisme
Le bouddhisme, religion d'origine indienne qui suit les préceptes et l'enseignement du Bouddha, fut introduit au Japon au VIe siècle de notre ère.

Bonze
C'est un moine ou un prêtre dans la religion bouddhiste.

Calligraphie
Les Japonais adoptèrent très tôt l'écriture chinoise, qui comporte un très grand nombre d'idéogrammes, et inventèrent également leurs propres caractères. L'écriture, pratiquée avec un pinceau et de l'encre, est un art à part entière.

Daruma
C'est le fondateur de la secte zen, une branche particulière du bouddhisme propre au Japon.

Fête des garçons
Pour la fête des garçons, qui a lieu le cinquième jour du cinquième mois, on suspend des carpes en tissu à des perches de bambou au-dessus des maisons.

Fête des filles
Pour la fête des filles, qui a lieu le troisième jour du troisième mois, on dispose, sur une étagère décorée de fleurs de pêcher, des poupées en habit de cour, dans la pièce de réception de la maison.

Geisha
Dans les maisons de thé du quartier des plaisirs, les geishas étaient des jeunes femmes pratiquant les arts du chant, de la musique et de la danse.

Kabuki
C'est une forme de théâtre avec un répertoire connu et apprécié du public. Les acteurs étaient tous des hommes, même pour jouer des rôles féminins.

Mont Fuji
Ce volcan au cône presque parfait est la montagne sacrée du Japon. Il est représenté sur un très grand nombre de peintures et d'estampes.

Nagasaki
Il y avait à Nagasaki une presqu'île appartenant aux marchands hollandais. C'était l'unique comptoir où le commerce avec des européens était autorisé.

Rônin
Le rônin est un samourai qui a quitté le service d'un seigneur. Aux époques féodales, il agissait souvent comme un bandit.

Dieu Renard
Le renard, messager d'Inari, la divinité des rizières, est très apprécié des enfants.

Saké
Alcool de riz. Il se boit froid ou tiède.

Samourai
Le samourai est un guerrier traditionnellement au service d'un seigneur. Il porte toujours ses deux sabres au côté mais ne revêt son armure que pour aller à la guerre.

Shintô
Cette religion rassemble des cultes et des pratiques spécifiques au Japon. On y honore l'empereur, ainsi qu'un grand nombre de divinités et d'esprits, les kamis. Les temples, magnifiques, sont bâtis dans des parcs ou des jardins qui exaltent le sentiment de la nature.

Shôgun
À l'époque d'Edo, il y avait un empereur et un shôgun, général de toutes les armées et chef du gouvernement, qui était le véritable maître du Japon. Son château dominait la ville d'Edo.

Suzuri
La pierre à encre, ou suzuri, est une sorte de godet dont le fond, incliné, est abrasif. On y dépose un peu d'eau avant d'y frotter le bâton à encre. C'est ainsi que se fabrique l'encre de Chine traditionnelle, également en usage au Japon.

Tatami
C'est une natte de paille de riz épaisse et très compacte dont on recouvre certains planchers. La surface d'un tatami est approximativement celle d'un petit lit pour adulte.

Tengu
Ce personnage des contes et légendes possède des ailes d'oiseau. Il a un long nez ou une tête d'oiseau.

Tokaido
Cette route reliait Edo à Kyoto, la capitale du shôgun à celle de l'empereur. De nombreuses estampes représentent les paysages les plus remarquables et les étapes les plus fameuses : ponts, gués, auberges, temples où se croisaient marchands, pèlerins ou simples « touristes ».

Torii
C'est un grand portique, en bois ou en pierre, qui marque un emplacement vénéré, l'entrée d'un temple, souvent, mais aussi des lieux naturels : rochers, plages, etc.

Yatate
Ce petit nécessaire à écrire est fait d'un réservoir à encre et d'un logement pour le pinceau.

TABLE DES MATIÈRES

Le petit moineau d'Edo *page 7*

Bousculade près du vieux pont *page 13*

Le shishi de Tojiro *page 17*

Chez le vieux peintre *page 21*

L'atelier de gravure *page 27*

Une enfance tumultueuse *page 35*

Une surprise pour Tojiro *page 41*

Les rêves de Tojiro *page 45*

Les trente-six naissances du maître *page 49*

Les lectures de Tojiro *page 55*

Promenade au temple *page 61*

Le défi *page 65*

Le portrait de Daruma *page 69*

La grande vague *page 73*

Apprendre à dessiner *page 77*

Le vieillard fou de dessin *page 85*

CRÉDITS PHOTOGRAPHIQUES

Page 18 : Shishi (lion-dragon), dessin de la série *Nîssim jôma, Exorcismes quotidiens*, 1842-1843. Paris, collection particulière - photo © Patrick Léger, Gallimard Jeunesse.
Pages 22-23 : Arikinu tue Sunosuke, illustration du roman *Beiebei kyôdan, Conte villageois des assiettes*, 1815. Leyden, Rijksmuseum voor Volkenkunde - photo © Ben Grishaaver.
Page 33 : Femme en robe de cour, un éventail à ses pieds. Surimono de série Gokasen, *Les Cinq Poétesses*, vers 1823. Dublin, The Chester Beatty Library.
Page 37 : L'acteur Ichikawa Ebizo IV dans le rôle de Mongaku, déguisé en bûcheron. Londres, British Museum. L'acteur Sakata Hangoro III dans le rôle de Chinzei Hachiro Tametomo déguisé en moine itinérant, dyptiques estampe, 1791. Boston, The Museum of Fine Arts - photo © MFA, Boston.
Pages 56-57 : Sonobaesemon Yoritane et l'araignée géante, illustration du roman *Sono no yuki, La Neige du jardin*, 1807. Leyden, Rijksmuseum voor Volkenkunde - photo © Ben Grishaaver.
Pages 58-59 : Illustrations de l'album *Odori hitori keiko, Leçons de danse par soi-même*, 1815. Leyden, Rijksmuseum voor Volkenkunde - photo © Ben Grishaaver.
Page 74 : La grande vague à Kanagawa, estampe de la série *Fugaku sanjûrokkei, Les Trente-six vues du mont Fuji,* vers 1830. Londres, The British Museum - photo © The British Museum.
Page 78 : Comment dessiner un bœuf et un cheval, illustration de l'album *Ryakuga hayashinan, Cours rapides de dessin abrégé*, vol. 1, 1812. Paris, Collection particulière - photo © Patrick Léger, Gallimard Jeunesse. Oies, illustration du *Ippitsu gafu, Album de peintures en un seul coup de pinceau*, vers 1816, publié en 1824. Leyden, Rijksmuseum voor Volkenkunde - photo © Ben Grishaaver.
Page 81 : Acrobates, illustration de l'album *Hokusai manga, Les Croquis d'Hokusai*, vol. VIII, vers 1819. Londres, The British Library - photo © Bridgeman-Giraudon.
Pages 82-83 : Scènes de vie quotidienne, illustrations de l'album *Hokusai manga, Les Croquis d'Hokusai*, vol.XIII & XIV, vers 1819. Dublin, The Chester Beatty Library.

COUVERTURE: Autoportrait d'Hokusai à l'âge de quatre-vingt-trois ans, dessin à l'encre de Chine sur une lettre adressée à l'un de ses éditeurs, 1842. Leyden, Rijksmuseum voor Volkenkunde - photo © Ben Grishaaver.

Loi n° 49-956
du 16 juillet 1949
sur les publications
destinées à la jeunesse
Numéro d'édition: 04468
Dépôt légal: novembre 2001
Photogravure : Fossard
Imprimé en Italie
par la Editoriale Lloyd